Claudio Blanc

DE LENDA EM LENDA

CRUZANDO FRONTEIRAS

Mitos e lendas
dos povos do mundo

© De lenda em lenda, cruzando fronteiras:
Mitos e lendas dos povos do mundo

1ª edição – janeiro de 2023
Copyright © Claudio Blanc, 2022

Grafia atualizada segundo o Acordo Ortográfico da Língua Portuguesa de 1990,
que entrou em vigor no Brasil em 2009.
Todos os direitos reservados

Editor e Publisher:
Fernanda Emediato

Capa, Projeto gráfico e diagramação:
Alan Maia

Elaboração do material pedagógico:
Claudio Blanc

Revisão:
Josias A. de Almeida

Dados Internacionais de Catalogação na Publicação (CIP)
Tuxped Serviços Editoriais (São Paulo, SP)

De lenda em lenda, cruzando fronteiras: Mitos e lendas dos
povos do mundo / Claudio Blanc. - 1. ed . – São Paulo:
Troinha, 2023.
160p. 135X205mm

ISBN 978-65-88436-30-1
ISBN 978-65-88436-35-6 (Digital)

1. Literatura Infantojuvenil. 2. Mistério e Fantasia.
3. Mitologia Universal. I. Título. II. Assunto. III. Autora.

CDD 028.5
CDU 087.5 (81)

Ficha catalográfica elaborada pelo bibliotecário
Pedro Anizio Gomes — CRB-8 8846
R586m Rios, Rosana.

Índices para catálogo sistemático:
1. Literatura Brasileira: Infantojuvenil.
2. Literatura: Infantil, juvenil, livros para crianças, livros de fi guras (Brasil).

DISTRIBUIÇÃO
Geração Editorial
Rua João Pereira, 81 - Lapa
São Paulo - SP – 05074-070
Telefone: +55 11 3256-4444

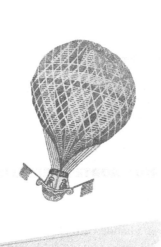

Este livro é dedicado a todos os professores e professoras da educação básica brasileira, que descobrem, nos olhos de cada jovem, as infinitas formas de sentir e estar no mundo.

Sumário

PREFÁCIO..8

OS CHINESES..................................10
Huang e o Gênio do Trovão 16
A Fundação de Pequim..............................24

OS ÍNDIOS NORTE-AMERICANOS................34
A Busca da Visão....................................40
Fazendo o Grande Urso Correr.....................45

OS AFRICANOS................................54
Como o Guepardo Ficou Pintado..................60
O Fogo dos Chimpanzés............................62
O Guerreiro Terrível................................65
Uma Escada Para o Céu............................69

OS INDIANOS **76**

O Deus-Árvore 81

Kan Apan 85

OS NATIVOS BRASILEIROS **90**

O Paraíso na Terra 96

A Canoa Encantada 99

OS ÁRABES 104

O Último Camelo do Emir Hamid 108

O Sucessor do Xeque 116

Os Vikings 122

Jutunheim, o Reino dos Gigantes 127

Os Meninos que Encontraram os Trolls 135

VOLTA AO MUNDO EM 14 LENDAS **145**

Prefácio

O adulto é uma criança que endureceu.

As crianças vivem num mundo mágico onde o sonho e a realidade são uma coisa só. São capazes de fazer o faz de conta se tornar real. Os adultos esqueceram como se faz isso, porque pararam de brincar.

Não há nada mais precioso que a fascinação pela vida. Fascinação quer dizer encantamento, e as crianças se deixam encantar pelas coisas, porque são puras e conseguem ver que tudo é mágico.

Vivemos cercados de trambolhos mecânicos, eletrônicos e virtuais, e ter contato com o mundo apenas por meio da tecnologia não é bom. É como se o tempo todo olhássemos pelas lentes de alguma geringonça. Só se pode acreditar naquilo que esses olhos de vidro comprovam. E as pessoas graves, vestidas de cinza, dizem que quem acredita em coisas que o aparelho não vê é bobo.

Mas tem tanta coisa que a máquina não consegue ver!

Os povos que vivem (ou viveram) num estágio de civilização com menos tecnologia e máquinas, também conseguem como as crianças, ver que todas as coisas são mágicas, mesmo depois de ficarem adultos.

Mas há uma maneira para não esquecer que todos somos feitos de sonho, para sempre lembrar que existe uma criança dentro de nós, louca para rir e que nunca cresce. Esse jeito é contar e ouvir mitos e lendas que nos explicam a vida nos fazem brincar em todas as idades, nos ensinam que a realidade é só um sonho que se concretizou.

As histórias que estão aqui são de povos que ouviam a natureza lhes sussurrar segredos na língua das crianças. Depois as contavam para seus filhos, geração após geração, até hoje.

Agora é a sua vez.

OS 東酒樓 CHINESES

A China ocupa uma enorme área do continente asiático, e é uma das civilizações mais antigas da Terra. Entre muitas grandes obras, os chineses construíram a única que pode ser vista do espaço: a Grande Muralha.

Vasta parte desse território constitui-se de montanhas e desertos, e a maior parte da população habita regiões que são cortadas pelos rios Amarelo, Yangtsé-kiang e Zi-kiang. Não há no mundo nenhum lugar com tanta gente quanto na China: 1 bilhão e 400 milhões de pessoas vivem lá!

Antigamente, o povo quase nunca saía de suas aldeias, e as lendas que ouviam sobre o interior do país se espalhavam como folhas ao vento. Os viajantes falavam de seres estranhos, como os pigmeus que habitavam as montanhas, mediam um palmo de altura e tinham a cabeça muito grande. Moravam em casas com telhado de palha, parecidas com formigueiros. Andavam em grupos e de mãos dadas, para evitar serem carregados por pássaros ou atacados por animais. O tom da voz desses seres era tão baixo, que mal podia ser ouvido pelos humanos. Exímios artesãos, trabalhavam a madeira, a lã, o ouro, a prata e as pedras preciosas. Vestiam roupas vermelhas, os homens tinham longas barbas e as mulheres, tranças que desciam até a cintura.

Os viajantes também contavam a respeito do país dos gigantes, que eram enormes, do tamanho de prédios, e tinham dentes parecidos com serras. Suas unhas compridas pareciam garras. Eram peludos como os ursos e podiam viver até 18 mil anos. Moravam nas montanhas do nordeste da China, e suas terras eram protegidas por fortes portões de ferro que mantinham os estranhos fora de suas fronteiras.

Segundo os antigos andarilhos, havia ainda o povo sem cabeça. Eles também habitavam as montanhas isoladas, para onde foram expulsos, por terem ofendido os deuses: um de seus ancestrais brigou com os nobres celestiais, os quais, furiosos, transformaram seus mamilos em olhos, o umbigo em boca e tiraram-lhe a cabeça, deixando-o sem nariz, sem orelhas e, claro, sem os respectivos sentidos; depois, expulsaram-no para a longínqua serra do Carneiro, onde seus descendentes viveriam até hoje. Mas parece que

OS CHINESES

isso tudo não o deixou triste, e aqueles que o viram contaram que estava sempre sorrindo, exceto quando batia o machado no escudo, ao ver algum inimigo se aproximar. Era um povo muito inteligente, pois para os antigos chineses a sabedoria vinha da barriga.

Mas, além de ser uma terra vasta, cheia de histórias interessantes, a China é o berço de filósofos que muito contribuíram para elevar a consciência da humanidade. Um deles foi Lao-Tsé, que teria vivido entre 604-517 a.C. Dizem que uma vez, ao anoitecer, chegou montado num boi aos portões de uma cidade e pediu pouso. O guarda encarregado daquele portão deu-lhe guarida, mas pediu que o mestre lhe transmitisse seus ensinamentos durante sua estada. Foi assim que Lao-Tsé, naquela noite, escreveu o *Tao-Te-Ching*, a bíblia taoísta.

Tao é o caminho natural e harmonioso de todas as coisas do universo. Os taoístas acreditam que o equilíbrio do cosmos deve-se à relação das forças opostas *yin* e *yang*. *Yin* é feminino, líquido: a força da lua e da chuva, que no inverno atinge o auge de seu poder. *Yang* é masculino e sólido. O sol e a terra, o verão. A vida é moldada pela interação entre *yin* e *yang*.

OS CHINESES

O lado mágico do taoísmo é representado no *I Ching*, ou *Livro das mutações*. É usado para tornar a pessoa consciente das possibilidades e tendências dos acontecimentos.

Confúcio, que viveu entre 551 e 479 a.C., foi outro importante filósofo chinês. Ele também baseava seus conceitos no equilíbrio *yin* e *yang* e usava o *I Ching* como seu guia. Suas ideias eram tão arraigadas na cultura chinesa, que até 1912 a doutrina que criou era seguida pelo imperador e por todo o povo. Confúcio nasceu na região chamada Lu e teve uma infância pobre. Casou-se aos 19 anos e começou a trabalhar como professor. Desenvolveu e divulgou seus ensinamentos, que se baseavam na observação estrita da ordem moral da família patriarcal e na obediência às normas de autoridade e respeito mútuo nas relações sociais. Confúcio foi muito famoso no seu tempo, embora nenhum governante tenha lhe dado um cargo que permitisse praticar suas ideias e reduzir a pobreza e o sofrimento do povo.

HUANG E O GÊNIO DO TROVÃO

Há muitos e muitos anos, numa aldeia situada às margens do rio Amarelo vivia Huang. Era um rapaz bom e generoso, dedicado aos livros e aos amigos. Todos gostavam dele e faziam elogios que, modesto, ele desaprovava.

Um dia, seu amigo Sia morreu e deixou a velha mãe e seis irmãos pequenos, incapazes de trabalhar. Huang não pensou duas vezes e tomou para si a responsabilidade de cuidar da família do companheiro.

OS CHINESES

Mas sete pessoas precisam de muita comida, muitas roupas; e as crianças, de educação. Em pouco tempo os recursos do jovem se exauriram. Preocupado, pôs-se a pensar numa solução para o problema. Disse com seus botões:

"Como posso obter meios para ajudar a família de Sia? Sempre fui um estudioso e não sei fazer outra coisa a não ser viver enfronhado em livros. Ninguém vai querer me empregar. Posso, no entanto, dedicar-me ao comércio."

E assim, pesaroso de ter de renunciar àquilo que sempre o apaixonara, entrou no ramo da venda de mercadorias.

As pessoas da aldeia, cientes do sacrifício que o jovem fazia, facilitaram-lhe as coisas, e em pouco tempo ele enriqueceu e viu-se transformado de pobre literato a abastado mercador. E como tal, viajava muito.

Certo dia, quando voltava de Nanquim, parou numa hospedaria para descansar. Pediu chá, e enquanto o saboreava, viu entrar um homem alto e tão magro, que parecia ser só pele e ossos.

O estranho sentou-se num lugar distante, com a cabeça entre as mãos e os olhos fixos no vazio, absorto.

Era uma figura triste. Tomado de compaixão, Huang aproximou-se dele e perguntou:

— O senhor está doente?

O homem balançou a cabeça e não respondeu.

O jovem, então, mandou que servisse uma refeição completa ao estranho, o que foi feito imediatamente. O desconhecido atirou-se com sofreguidão sobre os pratos, e em poucos minutos devorou tudo.

— Está melhor agora? Deseja algo mais? — perguntou Huang; e sem esperar resposta, pediu jantar para duas pessoas. O estranho comeu tudo novamente num piscar de olhos. Depois, inclinou-se profundamente diante do rapaz e disse:

— Há três anos não saciava minha fome. Muito obrigado, jovem senhor!

Huang espantou-se com a afirmação.

— Pode dizer-me seu nome e de onde vem? — perguntou.

— Não posso revelar meu nome — respondeu o estranho. — E quanto à minha procedência, não venho de nenhum lugar conhecido.

OS CHINESES

Huang não fez mais perguntas, pois sabia que o estrangeiro não lhe diria mais nada. Estava já descansado e pronto para partir. Assim que mandou seus servos prosseguirem viagem, o homem magro aproximou-se dele e disse que deveria acompanhá-lo.

— Sinto muito, senhor — replicou Huang amavelmente —, mas não poderá vir comigo.

— Meu amigo — disse o outro —, um grave perigo o ameaça, e não posso esquecer o que você fez por mim.

O jovem mercador quis saber mais, mas o homem não respondeu. Resignado, retomou a jornada com o novo companheiro.

Depois de caminhar muito, pararam numa pousada para comer e passar a noite. Diante da mesa farta, o estranho disse:

— Não como mais que uma vez por ano.

Espantado, Huang tinha certeza de estar diante de um gênio.

No dia seguinte, embarcaram em um junco — barco chinês de dois ou três mastros — que fazia o longo percurso rio abaixo.

Não muito tempo depois de partirem, uma violenta tempestade abateu-se sobre eles, com ventos tão fortes e vagalhões tão altos, que o junco virou e os passageiros foram lançados na água. Muitos deles se afogaram, e a mesma coisa teria acontecido com Huang não fosse o desconhecido que, quando o vento amainou, carregou o mercador a nado até outro junco que havia escapado da tormenta por milagre. Porém, tudo o que Huang possuía se perdera, e embora salvo, estava reduzido à miséria. Angustiado, não percebeu o estranho mergulhar no rio para de lá voltar com parte de sua bagagem. Mergulhou de novo, outra vez e mais outra, e pouco tempo depois acabou por recuperar todos os bens do rapaz.

— Não sei como agradecer — disse o jovem, comovido.

— Nada fiz, senão pagar minha dívida com você — retrucou o outro. — Agora posso partir.

— Oh não, senhor! Acompanhe-me até o fim da viagem, e se não tiver outro lugar para ir, venha hospedar-se na minha casa pelo tempo que quiser.

O desconhecido aceitou de imediato o convite e foi morar com ele.

O tempo passou, e no aniversário do encontro que tiveram, Huang quis comemorar a ocasião oferecendo ao seu hóspede um banquete, lembrando-se de que ele comia apenas uma vez por ano. Havia comida para umas cem pessoas, mas o estrangeiro deu cabo de todas as iguarias sozinho. Quando terminou, inclinou-se diante do anfitrião e agradeceu-lhe, demonstrando muito afeto.

— Nunca conheci alguém como você. Está sempre ajudando os outros, sem pensar em si mesmo. Tenho de ir agora, pois meu tempo aqui acabou. Devo dizer-lhe que sou o Gênio do Trovão e fui condenado a vagar pela Terra por cinco anos.

O jovem quase desmaiou ao saber que havia hospedado alguém tão importante.

— Por nossa amizade! — prosseguiu o gênio — exprima um desejo, e eu o satisfarei.

Huang estava tão confuso, que não sabia o que pedir. Por fim, disse:

— Gostaria de passear no Céu.

Assim que o gênio pôs-se a rir, ouviu-se o estrondo de um trovão ecoar no horizonte. Quando Huang deu por si, estava sentado sobre uma nuvem que flutuava mansamente no espaço. No princípio teve medo, mas ao ver as lindas estrelas brilharem como pedras preciosas chamejantes, esqueceu seus temores e apreciou, extasiado, o espetáculo de luzes e cores. Estendeu a mão, e a estrela mais próxima caiu dentro da larga manga de sua túnica. Ele então guardou-a no bolso.

Pouco depois surgiu uma carruagem dourada, puxada por dois dragões que trotavam no ar. No carro, estava uma belíssima fada, com uma tina cheia de água ao seu lado.

Muitas pessoas escoltavam a fada, dentre as quais o Gênio do Trovão. Ele se aproximou sorrindo de Huang, e tomando-o pela mão, conduziu-o à carruagem.

— Esta é a Fada da Chuva — disse. — Agora, ela está brava com os homens que destroem as matas e envenenam os rios. Por isso, decidiu não deixar cair uma única gota d'água na terra, condenando todos à mais terrível seca.

Dizendo isso, o gênio curvou-se diante da fada e apresentou-lhe o jovem mercador.

— Este rapaz é um amigo que muito me ajudou na Terra.

A fada acenou sorrindo para Huang e indicou alguns baldes de cobre que estavam pendurados em volta da carruagem. Ele pegou um deles, mas não sabia ao certo o que fazer com ele. O Gênio do Trovão fez um gesto, as nuvens se abriram e Huang pôde ver sua aldeia natal. Ele logo compreendeu: mergulhou o balde na tina e começou a despejar água pelo espaço aberto na nuvem. Repetiu isso várias vezes, até julgar suficiente.

Por fim, o gênio disse:

— É hora de voltar. Atrás do carro há uma corda: agarre-se nela e pule.

O mercador estava amedrontadíssimo, mas o olhar encorajador do seu protetor animou-o e ele agarrou a corda e pulou. Instantes depois estava em seu quarto, como se nada tivesse acontecido, embora seu amigo já não estivesse mais ali.

Saiu às ruas e viu as pessoas contentes, comemorando a chuva.

OS CHINESES

— A terra estava sedenta — diziam. — Mas a chuva de hoje salvou a plantação.

Nenhuma pessoa suspeitava da participação de Huang naquele milagre, e como ele era modesto, não contou nada a ninguém.

Mais tarde, ao despir-se para dormir, tirou a estrela — que havia virado uma pedra preta, fosca — do bolso e deixou-a sobre o criado-mudo; havia decidido guardá-la como lembrança da aventura.

Mas seu sono não durou muito. Na madrugada, um clarão que parecia fogo, despertou-o, iluminando as suas cãs; era a estrela que refulgia esplêndida e crescia, crescia, mudando de aspecto, até se transformar numa jovem belíssima que o fitava e sorria meigamente.

Espantado, Huang olhou para ela sem saber o que dizer. Numa voz que soava como música, ela então disse:

— Senhor, meu nome é Vapor de Nuvem, e o Gênio do Trovão enviou-me para ser sua esposa.

Huang demorou para se recobrar, tal a alegria e a emoção que sentiu. Quando, finalmente, recuperou a fala, chamou seus servos e ordenou-lhes que preparassem uma grande festa de casamento.

No dia seguinte, toda a aldeia festejou as bodas. Enquanto os noivos celebravam a união, ao longe um trovão ecoava, e um leve chuvisco caía orvalhando os campos, colorindo-os com o fulgor dos diamantes. Eram os gênios das nuvens que enviavam seus presentes aos noivos, desejando-lhes longos anos de felicidade.

A FUNDAÇÃO DE PEQUIM

Pequim foi fundada há cerca de 2 mil anos, e logo se tornou a capital do Império Chinês.

O palácio dos imperadores era uma verdadeira cidade dentro de Pequim. Ele ainda existe, mas é apenas um memorial desse tempo. Chama-se "Cidade Proibida", tem mais de 500 anos e é tão grande, que durante o império cerca de 19 mil pessoas viviam e trabalhavam lá, servindo e entretendo o imperador e sua corte.

OS CHINESES

Antigamente, as cidades eram cercadas por enormes muralhas que protegiam a população. Num dos cantos de Pequim está a Grande Muralha da China, que, apesar de não servir mais para defesa, é um monumento para lembrar aos chineses o poder de seus antepassados.

Mas muito antes disso, o palácio do grande imperador Hung Wu ficava em Chin-ling, hoje Nanquim. Ele morava lá com seus filhos e filhas de suas muitas esposas, já que naquela época era comum na Ásia um marido ter tantas mulheres quantas pudesse sustentar. As mães ansiavam do fundo do coração que seu filho fosse o escolhido para substituir o pai no Trono do Dragão.

A imperatriz, a principal esposa, tinha um filho que já era o escolhido do imperador. Mesmo assim tinha ciúmes dos filhos das outras esposas e fazia de tudo para que fossem mandados para longe da corte. Ela conseguiu que a maioria deles fosse enviada para províncias distantes, como governadores.

Uma das esposas do imperador Hung Wu, a sra. Weng, tinha um filho chamado Chu-ti, um jovem príncipe bonito e amável. Era o quarto filho do imperador, e suas maneiras firmes e gentis fizeram dele o favorito não apenas do pai, mas de toda a corte. Ciumenta, a imperatriz logo notou isso e tratou de se livrar dele o mais rápido possível. Assim, com muita persuasão e bajulação, conseguiu convencer o imperador a nomear o rapaz para governador da longínqua província de Yen.

Logo depois de se despedir do pai, Chu-ti preparava-se para partir, quando o sacerdote taoísta Liu Po-wen, seu

antigo mestre, deu-lhe um envelope selado e disse-lhe que só o abrisse quando estivesse em dificuldades ou em perigo. A primeira mensagem que pegasse traria uma orientação para resolver o problema.

Por fim, o príncipe partiu e fez uma viagem tranquila, sem maiores incidentes, e chegou são e salvo à Yen.

Nessa província, havia um lugar chamado Peping Fu, atual Pequim, que seria a sede do governo do príncipe. Quando Chu-ti viu o que teria de governar e onde deveria morar, ficou muito triste, e nada que seus funcionários fizessem melhorava tal estado. Isto porque Peping Fu era um lugar selvagem e desolado, com poucos habitantes morando em choupanas distantes umas das outras. Não havia sequer cidade que oferecesse proteção ao povo contra os assaltantes, que viviam pilhando aquelas paragens.

Então o príncipe lembrou-se do envelope que o velho sacerdote havia lhe dado. Começou a procurá-lo, pois, durante a afobação e agitação da viagem, havia esquecido do presente mágico. Assim que o achou, abriu-o sem perda de tempo e puxou o primeiro papel que seus dedos tocaram. Estava escrito:

"Quando você chegar a Peping Fu, deve construir uma cidade e chamá-la de Nocha Cheng — a Cidade de Nocha. Nocha era o terceiro príncipe celestial, filho de Li, o primeiro-ministro dos Céus. Porém, como a construção será cara, deverá fazer uma proclamação convidando as pessoas

OS CHINESES

ricas a doarem o dinheiro necessário. No verso deste papel está desenhada uma planta da cidade. Siga estas instruções."

Chu-ti examinou o plano e viu que tudo estava explicado em detalhes. Ficou entusiasmado com a grandeza do projeto e começou a agir imediatamente. Proclamações foram feitas, e o dinheiro foi arrecadado. Todas as famílias ricas, principalmente aquelas que tinham acompanhado o jovem príncipe desde Chin-ling, fizeram grandes doações, possibilitando a construção da cidade.

Um astrólogo consultou as estrelas sobre o dia propício para iniciar a empreitada. Valas foram cavadas para fazer a fundação da enorme muralha. Havia nove portões, e sobre cada um deles uma imensa torre. Próximo à entrada da cidade, construíram os templos do Céu e da Terra, um de frente para o outro, simbolizando o equilíbrio entre as forças *yin* e *yang* que governam o universo. O palácio foi construído com luxo e esplendor, rodeado por lagos, jardins e pomares. A residência do príncipe era cercada por altos muros e circundada por um fosso de água clara, onde peixes coloridos nadavam.

Quando as obras terminaram, Chu-ti comparou a cidade com a planta e verificou que tudo havia sido feito conforme planejado. Chamou as dez famílias que mais ajudaram e deu-lhes vestes de seda, com dragões bordados nos punhos, o que lhes garantia grandes privilégios.

O povo também estava muito contente com a beleza e o poder da nova cidade. Mercadores de todas as províncias para lá acorriam, atraídos por sua riqueza. Todos prosperavam sob o justo governante. A comida era abundante; os ministros, virtuosos; os soldados, valentes. Havia paz e alegria em Nocha Cheng.

Um dia, quando tudo estava tranquilo, uma notícia perturbou o príncipe e seus súditos. Chu-ti estava no salão de audiências quando um de seus ministros contou-lhe que todos os poços, fontes e rios haviam secado. Não havia mais água, e a população estava alarmada. O príncipe convocou seus conselheiros e sábios para, juntos, encontrarem meios de resolver o problema e fazer as águas voltarem aos leitos. Mas ninguém conseguiu imaginar um bom plano.

O que eles não sabiam é que debaixo do portão leste da cidade havia uma caverna habitada por dois dragões; e quando a vala da fundação da muralha foi cavada o teto desabou. O dragão macho estava pronto para se mudar dali sem maiores problemas, mas a fêmea lhe disse:

— Nós moramos nesta caverna por milhares de anos, não vamos sair daqui sem dar uma lição nesse príncipe de Yen. Vamos recolher toda a água em nossos vasos *yin-yang*[1] e à meia-noite entraremos no sonho do príncipe, pedindo-lhe permissão para partir. Se ele nos deixar ir com os recipientes, cairá na armadilha, pois levaremos conosco toda a água de Pequim.

Os dragões se transformaram num velho e numa velha, foram até os aposentos do príncipe enquanto ele dormia e entraram em seu sonho. Ajoelhando-se à sua frente, disseram:

---

[1] Os chineses ainda hoje usam esse tipo de vaso para transportar água.

OS CHINESES

— Ó Senhor dos Mil Anos, viemos pedir-lhe permissão para sair deste lugar, e também para levar conosco essas duas vasilhas com água.

O príncipe, sem suspeitar de nada, consentiu de imediato. Os dragões ficaram muito contentes e trataram de sair dali o mais rápido que puderam. Encheram os vasos com toda a água de Pequim e partiram.

Quando o príncipe acordou, esqueceu o sonho. Mas, ao ouvir o relatório do ministro sobre a falta de água, refletiu sobre o presságio e pensou que talvez encerrasse um significado oculto. Decidiu recorrer ao envelope e descobriu que os visitantes de seu sonho eram os dragões que haviam levado a água de Pequim em vasos mágicos. No envelope havia também instruções para recuperá-la, e Chu-ti, sem demora, começou a se preparar.

Vestiu uma armadura, montou em seu cavalo negro e galopou como um raio para fora da cidade, até alcançar os dragões, que conservavam a mesma forma com a qual tinham aparecido no sonho e puxavam um carrinho com os jarros de água. O príncipe atiçou o cavalo contra eles e quebrou um dos vasos com a lança. A água começou a jorrar com tanta fúria, que Chu-ti correu em disparada para não ser tragado pela torrente que alagava todo o terreno. Continuou a galopar até encontrar uma colina e subir ao topo dela. A água, rápida e caudalosa, corria ao seu redor, isolando-o. Não viu, porém, vestígio dos dragões.

Chu-ti estava alarmado com sua situação, quando um monge apareceu diante dele. Com as mãos unidas e a cabeça baixa, disse-lhe

que nada temesse, pois iria dispersar a inundação. Recitou, então, uma curta prece e a água voltou ao seu leito, tão rapidamente quanto havia se erguido.

O vaso quebrado transformou-se num buraco muito fundo, de onde jorrava água pura.

> *Maravilhado com o que havia acabado de ver e alegre por ter executado, com sucesso, as instruções contidas no envelope, o príncipe voltou a Pequim. Por todos os cantos da cidade, o povo o aclamava. Um pagode, um tipo de templo comum na Ásia, foi construído sobre a fonte e está lá até hoje.*

OS CHINESES

Lady Guoguo indo para um passeio a cavalo, cópia do século 12 (dinastia Song)

Lokhapala em um touro reclinado

Wu Zhen (1280–1354), pescador

Paisagens pintadas por Yuweng

Claudio Blanc

Imperador Huizong of Song (1082–1135):
Tentilhões e bambu

Ju
b
tradici
ch

Incensário
de jade

Paisagens

Yang Guifei
montando um
cavalo, por
Qian Xuan
(1235-1305
AD)

OS CHINESES

Leque

Rios Xiao and Xiang

Rios Xiao and Xiang (2)

Início de outono, por Qian Xuan

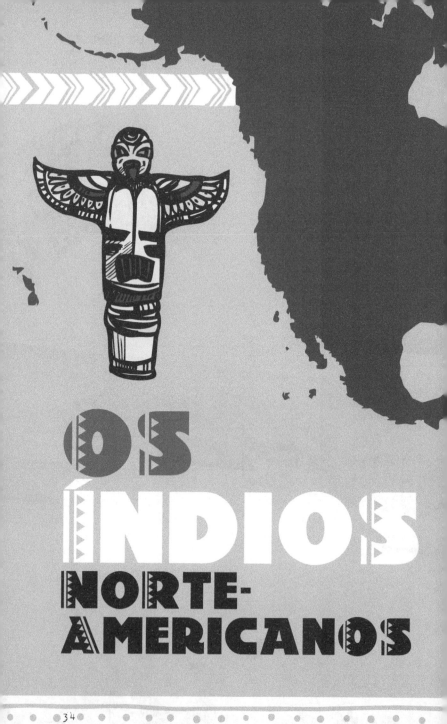

Os povos nativos da América do Norte, que preservam até hoje seus rituais e costumes, nos ensinam a viver em harmonia com a natureza. Eles consideram todos os seres como irmãos e se dizem filhos da terra, louvando-a como mãe e deusa. As famílias são superunidas; e as mulheres, muito respeitadas. Um dos seus principais ensinamentos é que tudo vem do feminino, pois é a fêmea de todas as espécies que traz os filhos ao mundo, e no caso dos mamíferos, os alimenta com seu leite. Ela representa a abundância e a generosidade da Mãe Terra.

As mulheres índias não participam dos conselhos da tribo, mas aconselham seus maridos e filhos, influenciando assim, indiretamente, as decisões tomadas pelo seu povo. Em algumas tribos há o clã das mães, que se reúne apenas em situações muito especiais. Elas usam seu poder mágico para pedir à Mãe Terra e ao Pai Céu que as ajudem a serem bem-sucedidas. Até hoje seus descendentes lembram-se da importância que o clã das mães teve, há muito tempo, para conseguir a Grande Paz, depois de uma longa e sangrenta guerra entre as tribos das cinco nações do norte. Elas ajudaram um guerreiro — que diziam ter vindo das estrelas — a convencer as tribos de que não deveriam lutar, pois eram todas frutos do mesmo Criador. Foi por causa do poder das mães e daquele guerreiro das estrelas que os bravos decidiram enterrar suas armas, que é a maneira de encerrar um conflito.

Nessa civilização, os pais se dedicam totalmente aos filhos. Em geral, os deixam fazer tudo o que querem, pois acreditam que é por meio da experiência que as crianças saberão escolher entre o bem e o mal. Também nunca batem neles. Em vez disso, contam histórias de espíritos ou dos antepassados para ensinar-lhes que todo ato tem uma consequência.

Para os índios norte-americanos a honra é muito importante. Eles abominam a covardia e exibem orgulhosamente as penas de águia conquistadas por atos de bravura. A guerra era encarada mais como um jogo, em que se provava o valor pessoal, capaz de proteger seu povo. Tanto que, para se casar, antigamente o homem tinha de "percorrer o caminho

OS ÍNDIOS NORTE-AMERICANOS

da guerra", demonstrando que podia defender sua família. Lutava individualmente, de peito aberto, mostrando seu escudo de pele pintado com seu emblema pessoal, em desafio ao inimigo. Esse comportamento colocou os índios em desvantagem na luta contra os brancos, que combatiam em grupos, com armas de fogo, escondidos e de tocaia.

Entre os índios norte-americanos havia uma cerimônia conhecida como "contar-golpes": o bravo deixava-se atacar, sem reagir, e se defendia apenas com esquivas. Quanto mais golpes o guerreiro conseguisse evitar, mais corajoso e valoroso seria considerado. Cavalo Louco foi exímio nessa arte. Era um bravo lacota — uma das nações indígenas das planícies dos Estados Unidos — que aprendeu a lutar usando a estratégia dos brancos. Uniu tribos hostis entre si e derrotou a poderosa 7ª Cavalaria dos Estados Unidos, comandada pelo general Custer.

Mas a honra era também expressa de outra forma, igualmente importante: a generosidade. Entre os Navajo, que habitam o deserto do oeste americano, é realizada no fim do outono a cerimônia do *potlach*, que quer dizer "peru" na língua deles. Eles celebram a nobreza da ave, que entrega sua carne para que outros possam sobreviver. Por isso, todos trocam presentes. Quanto mais se dá para quem menos tem, maiores são o reconhecimento e a honra. Somente os fortes e corajosos dão aquilo que lhes é caro.

Em geral, a imagem dos índios norte-americanos está associada ao cavalo, mas a verdade é que não havia cavalos na América — eles foram trazidos pelos conquistadores espanhóis. Antes disso, caçavam búfalos usando truques engenhosos: cobriam-se com peles de lobo, aproximavam-se de um deles e o abatiam usando flechas, sem estourar a manada. Outra forma de capturar os búfalos consistia em persegui-los em disparada até um precipício, fazendo-os despencar.

A caça era tratada com respeito e cerimônia. A cabeça dos animais era presa numa estaca durante o banquete, e dela se serviam os guerreiros, pois acreditavam que sua alma morava ali. Além disso, ofereciam-lhe iguarias como se ela fosse um hóspede especial, e cantavam-lhe canções e agradeciam-lhe a doação da carne que proveria suas famílias. E, por fim, pediam-lhe que voltasse a honrar seus lares na forma de novas presas.

Da caça aproveitavam tudo: pele, carne, gordura etc. Exímios artesãos, curtiam o couro com perfeição e, muito vaidosos, faziam roupas enfeitadas com franjas, desenhadas com motivos de espinha de peixe e decoradas com pedras e conchas coloridas.

Conta-se que, não muito tempo atrás, vivia entre os povos das planícies americanas uma profetisa chamada Olhos de Fogo. Ela disse que um dia as pessoas esqueceriam que são filhos da grande Mãe Terra e, por isso, os rios morreriam e os peixes não sobreviveriam. Nos céus cinzentos de fumaça tóxica, os pássaros também não voariam. Não haveria árvores nem florestas. Só alguns insetos, que rastejariam

OS CHINESES

pelos desertos, tomariam o lugar das matas. No entanto, haveria uma tribo de guerreiros que ensinaria aos outros que tudo o que acontece à Terra acontece aos filhos dela. Esses guerreiros[2] lembrariam aos outros homens que somos todos parte da natureza. Então, esses humanos se tornariam novamente guardiões da Mãe Terra; os animais e plantas seriam respeitados como irmãos, e tudo floresceria de novo. Olhos de Fogo chamou essa tribo de Guerreiros do Arco-Íris, pois são homens e mulheres de todas as cores e de todas as raças que vão resgatar o planeta, ensinando, com suas lendas e atitudes, os seres humanos a respeitar a natureza.

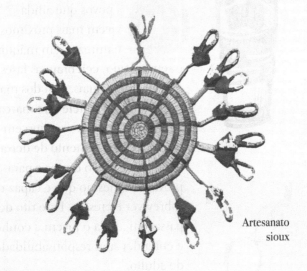

Artesanato sioux

---

[2] São chamados guerreiros não porque fazem guerra, mas porque são valentes e honrados, como seus ancestrais que lutavam de peito aberto, sem se esconder.

A BUSCA DA VISÃO

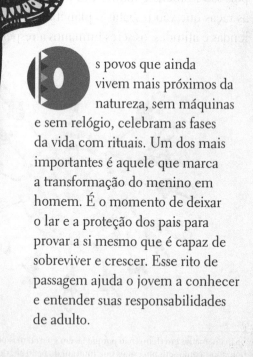

Os povos que ainda vivem mais próximos da natureza, sem máquinas e sem relógio, celebram as fases da vida com rituais. Um dos mais importantes é aquele que marca a transformação do menino em homem. É o momento de deixar o lar e a proteção dos pais para provar a si mesmo que é capaz de sobreviver e crescer. Esse rito de passagem ajuda o jovem a conhecer e entender suas responsabilidades de adulto.

OS ÍNDIOS NORTE-AMERICANOS

Na América do Norte, antes da chegada dos europeus, havia mais de 400 nações indígenas, cada uma com seu ritual. Apesar dessa diversidade de costumes, há duas práticas de iniciação usadas por todos os povos. Uma delas é contar e ouvir histórias. Elas nos ensinam a agir e mostram que, com persistência e coragem, podemos superar e vencer os obstáculos. A outra forma é a "busca da visão". Eles acreditam que as forças da natureza os ajudam nos rituais, e que, jejuando e orando em lugares isolados, os espíritos dos animais, das plantas e das pedras virão como guias e protetores, para ensiná-los a descobrir e a usar seu próprio poder.

A experiência que o menino tem na primeira busca da visão, em geral, o marca para o resto da vida. Ele vai para um lugar deserto e lá permanece jejuando por vários dias enquanto espera por um sonho revelador, como fez Opiti, o menino desta história contada pelos Anishinabes, do nordeste dos Estados Unidos.

O pai de Opiti era muito respeitado na aldeia, e quando o menino chegou à idade de partir para a busca da visão, queria que o filho tivesse um sonho tão poderoso como ninguém jamais tivera. Estava tão ansioso para que o rapaz obtivesse tal poder, que o convenceu a ir no início da primavera, antes mesmo do derretimento da neve. Os outros esperariam o chão aquecer e as árvorese se encherem de folhas.

— Meu filho é forte! — disse. — Irá agora. O frio o fará ainda mais valente!

41

Pintura em caverna

Como Opiti era obediente, seguiu o conselho do pai. Foram juntos para a floresta; e lá, no alto de uma colina, o rapaz construiu uma tosca cabana de folhas. Sentou no chão e cobriu-se com uma fina pele de cervo para proteger-se do frio. Na hora de despedir-se, o pai lhe disse:

— Voltarei todo dia ao amanhecer e você me contará o que viu.

Naquela noite, o vento norte, o bafo gelado do Grande Urso, soprou muito, o tempo todo. A mãe de Opiti ficou preocupada, mas o pai disse:

— Meu filho é forte. Esse vento frio lhe trará um grande sonho.

Quando amanheceu, o pai já estava na colina, sacudindo as folhas da cabana do menino e perguntando:

— Diga, meu filho. O que viu?

Opiti rastejou para fora do abrigo, olhou o pai nos olhos e disse:

— Pai, um gamo veio até aqui e falou comigo!

— Isso é bom, mas você deve continuar a jejuar. Certamente, uma grande mensagem virá para você.

— Continuarei a vigiar e a esperar — respondeu o jovem.

O pai se despediu e voltou para casa. Naquela noite nevou.

— Estou preocupada com nosso filho — reclamou a mãe de Opiti.

— Não se preocupe. A neve apenas tornará sua visão mais poderosa.

De manhã, o pai foi à floresta, subiu a colina e sacudiu os galhos, chamando o rapaz.

— Pai — disse Opiti, saindo da cabana e tremendo de frio —, na noite passada um castor veio aqui e me ensinou uma canção.

— Muito bem, meu filho! Mas, quanto mais você ficar, mais poder terá!

— Continuarei a vigiar e a esperar.

E assim foi por mais quatro dias. Toda manhã, o pai perguntava ao filho o que ele tinha visto, e o rapaz contava a experiência da noite anterior. O falcão, o lobo, o urso e a águia já o haviam visitado também. Ele estava cada dia mais magro e fraco, mas concordava em ficar e esperar uma visão ainda mais magnífica para agradar ao pai. Até que no sétimo dia a mãe de Opiti disse ao marido:

— Nosso filho já ficou muito tempo na floresta. Hoje, irei com você e o trarei para casa.

Era uma manhã agradável, e os dois foram juntos buscar o jovem. O vento sul da primavera tinha soprado a noite toda, e a neve havia derretido. Enquanto subiam a colina onde estava o abrigo, escutaram um

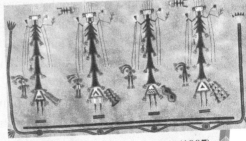
Pintura de areia da tribo navajo (1907)

pássaro cantar de um jeito que nunca tinham ouvido antes. Parecia quase como o nome do filho deles:

Opi ti ti.
Opi ti ti.

Quando chegaram à cabana, o pai sacudiu os galhos como de costume.

— Filho, está na hora de acabar o jejum. Vamos voltar para casa.

Não houve resposta. Os dois se abaixaram para olhar dentro do abrigo. De lá voou um pássaro cinza e preto, de peito vermelho, e pousou numa árvore próxima.

Opi ti ti.
Opi ti ti.

Para assombro dos pais, o pássaro disse:

— Papai, mamãe, vejam no que me transformei. Seu filho se foi. Vocês o enviaram na busca da visão cedo demais e o fizeram esperar muito tempo. Por isso, fui transformado neste pássaro. Assim, com meu canto, posso avisar a hora certa de enviar os meninos para a jornada de iniciação e lembrar os pais a não deixá-los além do tempo, pois tudo tem um momento certo. Plantar, cultivar e colher, nem antes, nem depois da hora.

Então, cantando o nome que tinha sido seu — *Opi ti ti* — voou para a floresta.

FAZENDO O GRANDE URSO CORRER

Esta é uma lenda sobre a coragem, contada pelos iroqueses que viviam no nordeste dos Estados Unidos e no sudeste do Canadá e ocorreu há muito tempo, bem antes de o homem branco chegar à América, ou Terra da Tartaruga, como os índios a chamam.

Durante várias gerações, as cinco nações do Povo das Casas Compridas, os Haudenosaunee, lutaram uns contra os outros. Ninguém lembrava por que a guerra havia começado, mas cada vez que um bravo era morto os guerreiros de sua tribo não descansavam até vingá-lo. Então, Manitu, o criador, apiedou-se do seu povo e enviou um mensageiro da paz. Ele visitou uma a uma as cinco nações — os Mohawk, os Oneida, os Onondaga, os Cayuga e os Seneca — para explicar-lhes que é errado irmão lutar contra irmão. Não foi um trabalho fácil, mas com a ajuda do clã das mães — as mulheres sábias que elegem e aconselham os chefes — finalmente todos concordaram com ele e celebraram a Grande Paz. A maioria dos índios ficou feliz, mas havia alguns de coração cheio de raiva que queriam continuar a lutar.

Um dia, pouco depois de a Grande Paz ter sido festejada, alguns jovens Seneca resolveram visitar os Onondaga. Disseram que as trilhas estavam seguras, pois não havia mais inimizade, e voltariam depois que o sol se erguesse sete vezes.

Mais de sete dias se passaram e eles não voltaram. Assim, outro grupo foi atrás dos rapazes para descobrir se estavam bem ou se precisavam de ajuda. Também esse grupo não voltou.

Todo o povo ficou preocupado. Expedições de reconhecimento foram enviadas para procurá-los, mas nenhum sinal foi encontrado. Pior: as expedições também não retornaram.

O velho líder da aldeia pensou muito no assunto e consultou o clã das mães. Elas o aconselharam a escolher o guerreiro mais corajoso, capaz de enfrentar os perigos da viagem, e enviá-lo à procura dos parentes desaparecidos.

Ele reuniu em conselho todos os guerreiros da tribo, que sentaram em círculo no chão da casa comunitária.

Pintura de areia da tribo hopi

OS ÍNDIOS NORTE-AMERICANOS

O chefe tinha nas mãos um cordão enfeitado com conchas, o *wampum*, que o aspirante àquela missão deveria pegar.

— Ouçam-me! — disse o líder dos Seneca. — Podem ter acontecido duas coisas com os nossos parentes: ou os Onondaga quebraram a paz e capturaram os viajantes, ou o Mal está ameaçando a Grande Paz, prendendo os nossos guerreiros para recomeçar a guerra. Precisamos de alguém que siga a trilha e descubra o que houve. Quem tem a coragem de pegar o *wampum* da minha mão?

Muitos membros do conselho eram conhecidos por serem fanfarrões. Porém, naquele momento, nenhum deles se levantou para pegar o *wampum*. O cacique levantou-se e começou a andar à volta do círculo de guerreiros balançando o cordão na frente de cada um deles. Mas, um a um, todos baixavam os olhos.

Fora do círculo, havia um rapaz que ainda não tinha feito o ritual de passagem; portanto, não havia se tornado um homem. Era órfão e morava com a avó numa velha cabana quase fora da aldeia. Usava roupas rasgadas e seu rosto estava sempre sujo, porque a avó era velha demais para cuidar dele como uma mãe. Os outros rapazes riam dele e

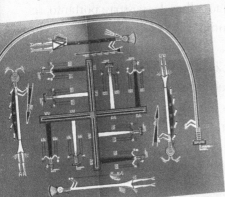

Pintura de areia da tribo navajo

chamavam-no ironicamente de Flecha Veloz. Na verdade, achavam que ele era fraco e preguiçoso. Tudo o que fazia era brincar com seu cãozinho ou ficar sentado perto da fogueira ouvindo os mais velhos.

— Nosso líder se esqueceu do guerreiro mais valente — comentou ironicamente um jovem, enquanto apontava Flecha Veloz com a cabeça.

Artefatos dos indígenas americanos

— É mesmo! — disse outro. — Por que não dar o *wampum* para Flecha Veloz?

O chefe congelou-os com o olhar, e todo mundo parou de rir. Saiu do meio deles e foi até o rapazinho de roupas rasgadas, oferecendo-lhe o amuleto. O menino pegou-o sem hesitação e disse:

— Aceito a missão. É certo que seja eu a enfrentar o perigo. Não tenho valor aos olhos das pessoas; portanto, se não voltar, ninguém sentirá minha falta. Partirei quando o sol se erguer, amanhã.

Quando Flecha Veloz voltou para casa, sua avó disse:

— Meu neto, sei o que você fez. As pessoas deste lugar já não se lembram, mas seu pai foi um grande guerreiro. Nossa família tem poder!

Então, pegou de um estrado um arco enegrecido pela fumaça e tão rijo, que parecia que ninguém conseguiria dobrá-lo, e entregou-o ao neto.

OS ÍNDIOS NORTE-AMERICANOS

— Se você conseguir puxar a corda deste arco, estará pronto para enfrentar o que quer que apareça no seu caminho.

Flecha Veloz pegou o arco, que era da grossura do pulso de um homem, e dobrou-o com facilidade.

— Você tem a força do nosso sangue! Agora, deve dormir. Ao amanhecer, ajudarei a se preparar para a jornada.

Flecha Veloz estava tão ansioso, que quase não conseguiu pregar o olho naquela noite, pensando nas aventuras que estava por viver. Quando acordou de manhã, sentia-se forte e desperto. Sua avó o esperava sentada perto do fogo com um cocar na mão.

— Este é o cocar do seu avô — disse ela —, costurei quatro penas de beija-flor nele, para você viajar mais rápido.

Deu-lhe, também, quatro mocassins e uma pequena bolsa.

— Carregue os mocassins na cintura. Quando um par se gastar, jogue-o e ponha outro. A bolsa tem farinha de milho com açúcar de bordo. Essa comida vai fazer você forte e resistente. Agora, um aviso: preste muita atenção ao seu cachorrinho. Como você trata bem dele, ele é seu amigo. Embora seja pequeno, seus olhos e seu focinho são aguçados. Ande sempre atrás dele, pois ele o avisará dos perigos da estrada.

De posse do cocar, dos mocassins e da comida, Flecha Veloz partiu com o cãozinho à frente farejando o chão e o ar. Quando o sol chegou ao meio do céu, já estavam bem longe da aldeia. A trilha cortava florestas fechadas, e

49

Flecha Veloz sentiu que estavam sendo seguidos por algo que se movia por trás das árvores. De repente, o cão se embrenhou nas moitas que beiravam a trilha e ouviu-se o som de passos pesados e galhos quebrando. Então, saindo da mata, surgiu um niagwahe, um urso-monstro, duas vezes maior que um alce. Seus dentes eram maiores que o braço de um homem. Latindo e mordendo, o cachorro de Flecha Veloz agarrava-se às patas do bicho.

— Estou vendo você! — gritou o menino. — Estou no seu encalço. Você não vai escapar!

Estas palavras Flecha Veloz havia escutado dos contadores de histórias. Era desse modo que os ursos-monstros falavam para suas vítimas antes de atacá-las. Elas apavoravam quem quer que as ouvisse. Assim, o monstro também fugiu.

— Você não vai escapar! — gritou de novo Flecha Veloz, e saiu perseguindo o urso.

O niagwahe internou-se numa mata densa, derrubando árvores e deixando um rastro de destruição, como um furacão. Subiu colinas e desceu à escuridão dos pântanos. E Flecha Veloz e o cachorro perseguiam-no implacavelmente. Passaram diante de uma caverna onde ficavam os ossos das pessoas que o urso havia capturado e comido.

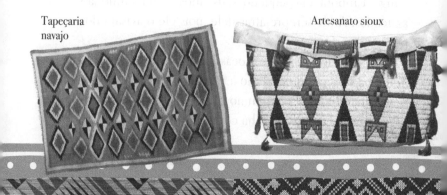

Tapeçaria navajo

Artesanato sioux

OS ÍNDIOS NORTE-AMERICANOS

— Meus parentes! — disse Flecha Veloz. — Não me esquecerei de vocês. Estou no encalço daquele que os matou. Ele não vai fugir.

A perseguição durou todo o dia. Quando o sol se pôs, Flecha Veloz e seu cão acamparam num vale. Ele trocou o par de mocassins que estava gasto, acendeu um fogo e comeu a mistura que sua avó lhe havia preparado, repartindo-a com seu companheiro. Depois, deitou-se ao lado da fogueira e adormeceu. No meio da noite, acordou com o rosnado do cãozinho. Sentou de costas para o fogo, olhou a escuridão e distinguiu a figura de um homem alto, de olhos verdes e brilhantes.

— Eu sou o niagwahe — disse a sombra —, esta é minha forma humana. Por que você me persegue?

— Você não vai escapar — respondeu Flecha Veloz —, estou no seu encalço. Você matou o meu povo. Você ameaçou a Grande Paz. Não descansarei enquanto não o pegar!

— Ouça — replicou o niagwahe. — Reconheço que seu poder é maior que o meu. Não me mate. Quando você me capturar, tire meus dentes maiores. São eles que me dão força, e você poderá usá-los para curar doenças. Poupe minha vida, e irei para longe e nunca mais incomodarei o Povo das Casas Compridas.

— Você não vai escapar — repetiu o rapaz. — Estou no seu encalço.

A figura voltou para a escuridão, e Flecha Veloz continuou sentado olhando a noite.

Ao amanhecer, o menino e o cachorro voltaram à estrada e logo viram o niagwahe, que corria pesadamente e respirava

51

Claúdio Blanc

com dificuldade. Perseguiram-no o dia todo, e à tarde o urso baqueou na beira do caminho, respirando tão forte, que levantou uma nuvem de poeira ao seu redor. Flecha Veloz tirou uma flecha da aljava e a colocou no arco do pai.

— Atire no meu coração — disse o niagwahe. — Mire direito, pois se você não me matar com apenas uma flecha, eu tiro sua vida.

— Não! — disse o rapaz. — Aprendi, ouvindo as histórias dos antigos, que seu único ponto fraco é a sola dos pés. Levante os pés, e você vai ver!

O grande urso tremeu de medo:

— Você me derrotou. Poupe minha vida, e partirei para sempre.

— Dê-me seus dentes maiores; depois, vá embora e nunca mais moleste o Povo das Casas Compridas.

— Farei o que você pede — respondeu o urso, e entregou-lhe as presas.

Flecha Veloz baixou o arco e deixou partir a fera, que diminuía de tamanho à medida que se distanciava, até virar um urso comum.

Levando nos ombros os dentes do niagwahe, o jovem guerreiro, acompanhado de seu cão, andou por três luas até chegar ao lugar onde estavam os ossos dos seus parentes, empilhados na caverna do monstro. Ele os arrumou e andou ao redor com as presas mágicas e pensou: "Devo fazer algo para acordá-los". Foi até uma grande árvore seca e começou a empurrá-la para que caísse sobre os ossos, e quando o tronco cedeu, gritou:

— Meus irmãos, levantem rápido ou esta árvore os esmagará!

OS ÍNDIOS NORTE-AMERICANOS

Os ossos viraram gente de novo, pulando e saindo da frente da árvore que caía.

— Obrigado, grande guerreiro! — disseram. — Mas quem é você?

— Sou Flecha Veloz.

— Não pode ser! Flecha Veloz é um menino magricela. Você é um homem alto e forte.

Flecha Veloz olhou para si mesmo e notou a transformação. Ele era maior que o mais alto dos homens; e seu cão, tão grande quanto um lobo.

— Sou Flecha Veloz. Fui aquele menino e hoje sou este homem que vocês veem.

Então, todos voltaram à aldeia, e o povo alegrou-se. As trilhas estavam a salvo de novo, e a Grande Paz não foi quebrada.

Flecha Veloz voltou para casa e abraçou a avó.

— Meu neto, você se tornou o homem que eu esperava, bravo e valoroso. Lembre-se de usar o seu poder para ajudar os outros.

Foi assim que Flecha Veloz fez correr o grande urso e o venceu. Por toda a sua vida, usou os dentes do niagwahe para curar os doentes, tornando-se um sábio xamã — ou guia espiritual — do seu povo.

Clava esculpida em forma de baleia orca, tribo tlingit

Tapeçaria navajo

OS AFRI--CANOS

África é muito importante para a humanidade, pois, segundo os cientistas, foi lá que surgimos. Um dos nossos mais antigos ancestrais, o *Australopithecus afarensis*, viveu há 3,6 milhões de anos nesse continente. Ele media menos de 1,5 metro, e seu cérebro era quatro vezes menor do que o nosso. Estava mais para macaco do que para homem, mas foi o primeiro *hominídeo* a andar sobre os membros inferiores. Isso fez muita diferença, pois deixava os membros superiores livres para carregar coisas, usar instrumentos, tornando possível o desenvolvimento de uma poderosíssima ferramenta: a mão. Junto com nossa inteligência, ela nos possibilita inventar e construir utensílios com os quais manipulamos o meio ambiente a nosso favor. Criamos cultura, ensinada de geração a geração, com base nesses objetos.

Lucy, a ancestral humana mais famosa, é o fóssil de uma *Australopithecus afarensis* achada na Etiópia. Mas os primeiros vestígios encontrados dessa espécie não foram fósseis, foram... pegadas.

Um dia, 36 mil séculos atrás, um vulcão entrou em erupção. Antes que a lava se solidificasse e virasse pedra, nosso antepassado caminhou sobre ela e deixou suas pegadas gravadas. Graças a esse registro foi possível calcular sua estatura e o tamanho de seu cérebro.

A África é também um lugar de enorme diversidade ambiental. Nela se encontram desertos extensos, florestas equatoriais, savanas, rios e lagos gigantescos, vulcões extintos e montanhas. São domínios da natureza onde todos obedecem às suas leis. Os animais e as plantas se adaptam a elas para viver, desenvolvendo habilidades que são como superpoderes de heróis. O guepardo — ou *cheetah* —, por exemplo, ao perseguir suas presas, atinge velocidade de até 110 quilômetros por hora. O chimpanzé, cuja inteligência lhe permite usar ferramentas primitivas, possui uma linguagem rudimentar capaz de comunicar ideias abstratas e ter o mesmo mau hábito de seus primos humanos: fazer guerra entre seus semelhantes. E existem muitos outros: o rinoceronte, com sua pele semelhante a uma couraça; o elefante, com sua tromba; o impala, que num salto consegue cruzar obstáculos de até seis metros; o leão, com suas presas e garras; e a girafa, com seu longo pescoço...

Nesse cenário, a vida pulsa selvagem, indomada; e todos os seres são parte de uma mesma cadeia de existência, como elos de uma corrente.

OS AFRICANOS

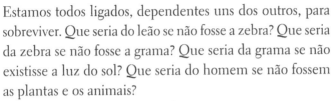

Estamos todos ligados, dependentes uns dos outros, para sobreviver. Que seria do leão se não fosse a zebra? Que seria da zebra se não fosse a grama? Que seria da grama se não existisse a luz do sol? Que seria do homem se não fossem as plantas e os animais?

A ciência que estuda as relações entre as espécies e o meio ambiente chama-se Ecologia. Por meio dela podemos observar como o equilíbrio da natureza é delicado e como qualquer dano a ele, como o superaquecimento do planeta causado pela queima excessiva de combustíveis, pode causar desastres irreversíveis.

A vida humana em toda a África é influenciada por essas relações. Antigas civilizações, como a dos egípcios, que dependiam das cheias do rio Nilo, baseavam suas religiões nesse equilíbrio entre as coisas. No Egito, davam-lhe o nome de *Ma'at*, e quem o preservava era o faraó.

Aprendendo a respeitar o meio, o homem se adaptou aos muitos ambientes do continente, criando uma imensa *diversidade cultural*. Quando os primeiros europeus — os portugueses — chegaram ao sul da África, encontraram os Bosquímanos, que viviam num estágio de civilização de pouquíssimos recursos. Ainda assim possuíam um refinado espírito artístico, e por centenas de séculos pintaram com sua arte os lugares por onde passaram. Com o estabelecimento dos holandeses na região do cabo da Boa Esperança, emigraram para o deserto de Kalahari, onde vivem até hoje preservando sua cultura, vivendo como seus antepassados. Eles têm estatura baixa e pele marrom-amarelada. Vivem da caça e da coleta de frutos e

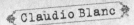
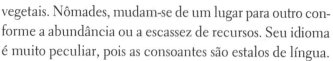

vegetais. Nômades, mudam-se de um lugar para outro conforme a abundância ou a escassez de recursos. Seu idioma é muito peculiar, pois as consoantes são estalos de língua.

Ao longo do deserto, estende-se uma região de campos cerrados, pontilhados de arbustos e árvores. São as savanas, o lar de uma das mais exuberantes faunas do planeta. Leões, girafas, zebras, guepardos, hienas, rinocerontes, gnus, elefantes, facóqueros, antílopes, pássaros, répteis, anfíbios e invertebrados formam um intrincado ecossitema, como se fosse um único ser vivo.

Os homens que escolheram viver nesse lugar são pastores de gado e caçadores de leão, como os Massai, os Xhosa e os Zulu. Dizem que são descendentes dos habitantes da misteriosa "casa do rei", ou Zimbábue.

Não sabemos quase nada sobre essa estranha cidade. Hoje, restam apenas ruínas, que são tão parecidas com castelos europeus, que os exploradores portugueses acharam que era uma cidade perdida, construída por algum herói grego, ou até mesmo pelo rei Salomão! O fato é que por seis séculos o Zimbábue foi sede de um poderoso império negro, que fazia comércio com os árabes, e eventualmente com os chineses e os indianos. Depois, foi abandonada, ninguém sabe por quê. Os Shonas, do Transvaal, na África do Sul, contam sobre o rei Shamba. Dizem que ele veio de um antigo reino trazendo sementes de várias plantas e ensinou o povo a tecer e a bordar. Viajou muito, inventou muita coisa, aboliu o uso de armas que causam sofrimento e até conseguiu substituir os jogos de azar pelo *mankala*,

OS AFRICANOS

um jogo de tabuleiro muito original. Talvez Shamba tenha sido um dos últimos homens de Zimbábue.

O centro do continente é palco de uma luxuriante floresta equatorial. Na densa mata, de onde não se pode ver nem céu nem horizonte, moram os pigmeus, um povo muito curioso: pequenos, medem de 1,20 a 1,30 metro; são nômades, coletores e temíveis caçadores, capazes de abater até mesmo o poderoso elefante. Suas cabanas são feitas de varas e folhas, que lembram iglus verdes no meio das árvores. Muito felizes, estão sempre rindo por gratidão à selva que os abriga e os supre abundantemente de tudo o que precisam. São as crianças da floresta irmãs das plantas e dos animais.

No norte fica o maior deserto do mundo, o Saara, que em árabe quer dizer simplesmente "o deserto". É o lar dos Berberes, um povo nômade que habita a costa do Mediterrâneo, entre o Egito e o Atlântico, desde tempos pré-históricos. Talvez a tribo mais famosa dessa etnia seja a dos Tuaregue. Eles viajam com suas tropas de camelos de um oásis a outro, acampando sob suas tendas. Fazem comércio, ligam lugares separados pelo oceano de areia, contando histórias daquilo que veem pelo caminho. Hoje, as antigas rotas de camelo são modernas autoestradas... mas ainda restam as lendas.

HISTÓRIAS DE ANIMAIS

Como o Guepardo Ficou Pintado

No começo do mundo, o guepardo e o fogo eram compadres. Todo dia o grande gato visitava o amigo, mas o fogo nunca lhe retribuía a visita. Dona gueparda provocava o marido:

— Que tipo de amizade é essa em que só você vai à casa dele? Esse seu amigo deve ser alguém muito esnobe!

Com o tempo, foi ficando zangada com a indiferença do fogo. Uma vez, depois de uma visita do marido à casa do companheiro, deu-lhe uma tremenda bronca:

— Se o fogo não vem aqui é porque devemos ser tão ínfimos aos olhos dele, que não vale a pena nos visitar. Sinto-me ofendida por ele nunca ter vindo nos ver.

OS AFRICANOS

Então, na primeira oportunidade, o guepardo pediu ao amigo que fosse à sua toca. O fogo foi logo se desculpando dizendo que nunca visitava ninguém; mas o compadre insistiu tanto, que ele acabou concordando. Pediu-lhe, no entanto, que fizesse uma trilha de gravetos e folhas secas, já que essa era a forma pela qual andava.

O felino contou à fêmea sobre a visita e pediu-lhe que reunisse o material necessário, pois ele iria construir o caminho. Depois, ambos enfeitaram a casa e prepararam um banquete para receber aquele hóspede tão importante. Mal acabaram a arrumação, ouviram ruído de lenha crepitando.

— É ele! — disse a esposa, ansiosa.

O guepardo foi até a porta, e cheio de mesuras, fez entrar o amigo. Mas o corpo ardente do convidado começou a incendiar tudo o que havia na toca, e os anfitriões tiveram de pular pela janela para se salvarem. Do lado de fora, vendo a casa queimar, entenderam por que o fogo nunca visitava ninguém. Tinham escapado, mas as línguas do fogo os tocaram, deixando manchas negras no pelo dos bichos, que lhes lembram, até hoje, a malfadada visita.

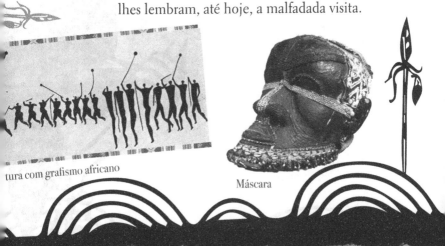

tura com grafismo africano

Máscara

O Fogo dos Chimpanzés

No começo dos tempos, o homem não sabia usar o fogo. Os pigmeus, habitantes das florestas do Congo, dizem que foram eles que o conquistaram. Depois, ensinaram o resto da humanidade a usá-lo. É assim que eles contam essa história:

Um dia, ao perseguir um elefante, um pigmeu encontrou por acaso a aldeia dos chimpanzés. Descobriu, assombrado, que eles tinham fogueiras por todos os lados e com elas cozinhavam, faziam instrumentos e utensílios.

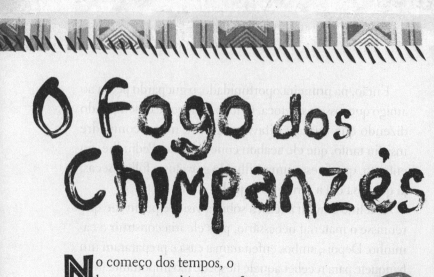

OS AFRICANOS

Ele voltou para casa, mas ficou o tempo todo pensando num meio de trazer o fogo dos chimpanzés para sua tribo. Resolveu, então, ir até a cidade dos macacos vestindo uma roupa de casca de árvore bem comprida.

Chegou de manhã a essa cidade, numa hora em que os mais velhos trabalhavam nas roças e só os jovens e as crianças estavam no pátio da aldeia. Eles riram daquele estranho que vestia aquela coisa esquisita, mas ofereceram-lhe bananas e o convidaram a sentar-se perto do fogo.

Muito esperto, o pigmeu encostou a ponta da roupa de casca de árvore na fogueira. Pouco depois ela começou a queimar e os chimpanzés gritaram:

— Cuidado, cuidado! Vai queimar, vai queimar!

— Não se preocupem! — respondeu ele, que sabia muito bem o que fazia. — Esta roupa é comprida e a casca é grossa —, e enfiou-a mais ainda no meio das brasas, até que ela pegou fogo mesmo. Os macacos correram, assustados, e o pigmeu saiu correndo, levando consigo a roupa em chamas. Os chimpanzés adultos foram avisados e tentaram persegui-lo, mas era tarde demais: quando chegaram à aldeia dos pigmeus, já havia várias fogueiras acesas.

Os macacos ficaram muito tristes e indignados com a atitude do pigmeu. Disseram que ele poderia ter trocado o fogo por algo de mesmo valor, se ele tivesse pedido, mas roubar...

Claudio Blanc

O pigmeu, por sua vez, percebeu o que havia feito e pediu desculpas. Mas não teve jeito. Os chimpanzés ficaram tão decepcionados, que resolveram abandonar a aldeia e foram viver na mata, sem fogo nem bananas, comendo apenas frutos silvestres, o que fazem até hoje.

Talvez, por causa dessa aventura, os pigmeus tenham aprendido a lição e se tornaram muito generosos. Além de proteger a mata, decidiram compartilhar seu precioso conhecimento com o resto da humanidade, e assim, ensinaram seus vizinhos, os povos da África equatorial, a usarem o fogo.

Máscara

Escultura

Pintura rupestre de xamã com um elande

O Guerreiro Terrível

De manhã bem cedo, como era seu costume, a lebre saiu à procura de comida. Enquanto isso, uma larva entrou na sua casa e lá se instalou, aproveitando todo o conforto da toca. Quando a lebre voltou, viu rastros estranhos no terreno. Como não conseguiu identificá-los, ficou do lado de fora e perguntou bem alto quem havia invadido sua casa. A larva respondeu que era um guerreiro invencível, e advertiu-a de que se tentasse entrar, se arrependeria amargamente. Cabisbaixa, a lebre saiu de lá e ficou lamuriando à beira do caminho.

Cláudio Blanc

Pouco depois, apareceu o chacal. Este, vendo o estado da coitada, quis saber por que ela estava tão triste. A lebre contou-lhe a história e pediu que fosse tentar dissuadir aquele guerreiro feroz. Ele foi ver o que estava acontecendo. Ao chegar à entrada da toca, gritou:

— Quem está aí invadindo a casa da lebre?

A resposta foi assustadora:

— Sou o maior guerreiro do País do Além. Sou capaz de esmagar o rinoceronte e triturar o elefante. Ninguém pode me derrotar. Venha me enfrentar, se tiver coragem!

Amedrontado, o chacal pediu desculpas à lebre e tratou de sair rápido dali. A lebre, desconsolada, foi procurar o guepardo. O veloz felino condoeu-se do problema da amiga e resolveu ajudá-la. Foi até a toca e intimou o invasor. Porém, ao ouvir a terrível resposta, explicou à lebre que contra alguém como aquele guerreiro nada podia fazer.

De novo a pobre lebre ficou só. Desesperada, saiu à procura do rinoceronte.

— Amigo Rino, minha casa foi invadida por um guerreiro terrível. Você, que é tão forte e poderoso, pode tirá-lo de lá para mim?

O rinoceronte, vaidoso que era, concordou imediatamente. Foi até a toca da lebre e berrou, furioso:

— Exijo saber quem ousou invadir a casa da minha amiga?

E a larva respondeu, desafiando o grande animal.

OS AFRICANOS

— Venha! Venha, que você vai encontrar o invencível guerreiro do País do Além. Esmago todos os rinocerontes que encontro e trituro os elefantes! Venha, venha, e você vai conhecer minha fúria!

O rinoceronte ficou gelado de medo. Tentou disfarçar dizendo à lebre que talvez algum bicho mais diplomático, como a coruja, conseguisse resolver o problema sem luta, e saiu dali repetindo para si mesmo: "Sim, é a melhor solução".

A lebre nem tentou insistir, já que os rinocerontes são muito teimosos. Só restava pedir ajuda ao maior mamífero terrestre, o elefante. Mas os elefantes não são apenas enormes, são inteligentíssimos. Possuem até uma elaborada relação social, por meio da qual informações, como rotas de migração, são transmitidas de geração a geração. O sábio animal fitou a pequena lebre da imponência de sua altura e declarou:

— Minha cara, se esse temível guerreiro é capaz de me triturar de encontro ao chão e nenhum outro animal ousou enfrentá-lo, então me desculpe, mas não serei eu a arriscar a pele tentando. Recomendo que ache outro lugar para morar.

E foi embora, majestoso e tranquilo.

A lebre, muito triste, voltou à entrada de sua casa e ali ficou, desolada, chorando baixinho. Súbito apareceu uma rãzinha, que, vendo-a naquele estado lastimável, quis saber o motivo daquela situação. A lebre contou-lhe

Lebre de pedra

sua desventura, e a rã ouviu quietinha. Por fim disse:

— Pois saiba que vou entrar na sua toca sem ser vista e dar uma espiada nesse tal guerreiro invencível. Estou mesmo curiosa para vê-lo.

E entrou. Ao perceber quem estava provocando aquela confusão toda, deu um pulo na frente da larva, quase matando-a de susto.

— Ah, então é você que está aprontando com a minha amiga!

A larva, tremendo de medo, implorou:

— Por favor, dona Rã, não fique brava! Não passo de uma larva brincalhona e travessa.

A rãzinha a empurrou para fora, e qual não foi a surpresa da lebre ao ver que o invencível guerreiro do País do Além — que havia assustado os mais valentes animais — não passava de um filhote de borboleta! Aquilo foi tão engraçado, que as três riram até a barriga doer. Depois, a lebre resolveu não castigar a larva pela traquinagem e agradeceu muito à rã, cuja coragem e inteligência serviram de lição para toda a floresta.

Arte ndebele

Arte ndebele em contas

Uma Escada para o Céu

Para o povo Ronga, do sul da África, o céu é uma abóbada sólida que se encontra com a terra no horizonte. Se andarmos até lá, encontraremos esse país distante. Mas pode-se também chegar lá subindo numa árvore encantada, ou por uma corda, como fez Miseke, a heroína desta antiga história.

Ela vivia no *kraal* — ou aldeia — da família com os pais e a irmã mais velha, Untimbinde, que morria de ciúmes dela. Miseke era muito querida, e Untimbinde desdenhava tudo o que ela fazia, sempre tentando colocá-la em situações embaraçosas.

Um dia, quando as irmãs foram buscar água no rio próximo à aldeia, rindo e brincando com as outras meninas do clã, Untimbinde esbarrou de propósito em Miseke, fazendo-a desequilibrar-se e derrubar o pote que carregava na cabeça, o qual se espatifou no chão. Como esses utensílios são difíceis de obter, a menina ficou desolada: "Ah, o que é que eu vou falar lá em casa?", pensou.

Untimbinde ria feliz da desgraça da irmã e foi-se de volta ao *kraal* com as primas, deixando a triste Miseke só, na beira do rio. Ela queria achar algum jeito de compensar seus pais da perda do caro pote. Desconsolada, exclamou:

— *Bukali bwa ngoti!* ("Ah, se eu tivesse uma corda!")
— Subiria por ela até o céu para conseguir seus tesouros. Talvez pudesse até achar um irmãozinho, porque é de lá que as cegonhas trazem os bebês para as mães.

O desejo saiu tão do fundo do coração da menina, que mal acabou de dizer estas palavras, apareceu na sua frente uma corda que pendia de uma nuvem. Atônita, Miseke não titubeou: agarrou-a e subiu, subiu, subiu... até ver o mundo pequenininho e chegar ao País do Céu.

Caminhou pelos campos celestes, que em nada eram diferentes dos que havia na Terra. Logo encontrou uma cidade em ruínas. Sentada em meio ao entulho, uma velha a chamou:

— Venha cá, criança! Diga-me, aonde você vai?

Miseke, que tratava a todos com respeito e cortesia, cumprimentou a velha e contou-lhe sua história. A velha

OS AFRICANOS

recomendou-lhe que prosseguisse, e se percebesse uma formiga negra tentando entrar no seu ouvido, que não a importunasse.

— A formiga não a machucará e dirá o que fazer neste lugar estranho.

A garota continuou a andar, e pouco depois sentiu uma formiguinha subir na sua perna. Quando ela começou a entrar no seu ouvido, Miseke teve de segurar o impulso de tirar o inseto de lá, mas se controlou e seguiu o conselho da velha.

Ela continuou andando, até avistar os telhados pontudos das casas de uma aldeia, cercadas pelo característico círculo de espinheiro, que era a proteção contra os leões. Quando chegou perto da aldeia, ouviu uma vozinha sussurrando-lhe no ouvido:

— Não entre lá! Sente-se aqui e espere.

E foi isso mesmo que Miseke fez. Sentou-se perto do portão do *kraal* e esperou até que uns anciães muito graves, vestindo túnicas brancas, se achegaram a ela e perguntaram-lhe de onde vinha e o que desejava. Ela respondeu modestamente, reverenciando-os e dizendo-lhes que queria um irmãozinho, já que, como acreditam os africanos, os bebês vêm do céu. Os senhores sorriram, pois não há tesouro maior do que um bebê, e disseram:

— Vamos mostrar-lhe como conseguir o que procura. Siga-nos.

Cláudio Blanc

E a levaram a uma choupana onde algumas mulheres trabalhavam. Uma delas deu-lhe uma cesta e pediu-lhe que fosse até a roça colher espigas. A menina não se surpreendeu com aquele pedido inesperado; pelo contrário, pegou o *shirondo* e obedeceu de imediato. Seguindo sempre as instruções da formiguinha, arrumou as espigas cuidadosamente no fundo do balaio, de forma que conseguiu levá-lo bem cheio de volta à vila. As mulheres elogiaram seu trabalho, feito depressa e com esmero; e disseram-lhe que moesse os grãos, e com a farinha, fizesse angu. De novo instruída pela formiga, Miseke preparou o angu à moda do céu. As mulheres da choupana ficaram muito contentes, e depois do jantar providenciaram um lugar aconchegante para Miseke passar a noite.

Na manhã seguinte, os anciães vieram buscá-la e a levaram a uma casa enorme, onde havia muitos bebês dormindo. Alguns estavam envoltos em panos vermelhos; outros, em panos brancos, por isso ela não podia ver as feições das crianças.

Um dos velhos permitiu-lhe escolher um. Estava atraída pelo vermelho vivo e raro, mas a formiga sussurrou-lhe que levasse um bebê de branco. Ela obedeceu, e o lençol desvelou uma linda criança que encheu de alegria o coração da menina. O povo da aldeia ainda lhe deu mais presentes: tecidos finos e contas coloridas, tanto quanto podia carregar. Assim, Miseke partiu.

A viagem de volta ao *kraal* do pai foi tranquila e sem dificuldades. Quando chegou, seus familiares estavam na roça.

Grafismo ndebele

OS AFRICANOS

Resolveu esconder-se e fazer uma surpresa. Ao anoitecer, a família chegou do campo e a tia de Miseke pediu à filha que acendesse o fogo. Quando as chamas iluminaram a cozinha, a pequena viu os panos — um verdadeiro tesouro! —, e foi correndo chamar a mãe e as tias. Ao entrarem na cozinha, encontraram Miseke e o bebê, além de um monte de tecido e contas que iriam durar a vida inteira. Já tinham perdido as esperanças de encontrá-la, e qual não foi a alegria de todo o clã, principalmente do pai e da mãe! Todos se regozijaram e ouviram, encantados, a história do céu...

Bem, nem todos. Untimbinde estava fervendo de inveja da irmã. Prestou muita atenção ao que Miseke contava, e quietinha, pensou num plano para poder se dar melhor que ela e conseguir o carinho e atenção de todo o clã.

No outro dia, Untimbinde não voltou para o *kraal* com as primas que tinham ido com ela ao rio buscar água. Em vez disso, se queixou de dor no pé, e assim que ficou só, exclamou:

— *Bukali bwa ngoti*!

Tal qual tinha sucedido com Miseke, apareceu uma corda pendendo de uma nuvem, e lá se foi Untimbinde subindo até o País do Céu.

Quando chegou, pegou a mesma estrada que tinha conduzido a irmã às ruínas, só que, quando a velha a chamou e perguntou por seu destino, respondeu rispidamente:

— Isso não é da sua conta, velha rabugenta! Meta-se com seus assuntos e deixe os outros em paz!

A anciã respondeu, sem perder a paciência:

— Você vai precisar de ajuda para conseguir o que quer. Ninguém é assim tão importante a ponto de não precisar dos outros.

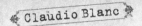

— Meta-se com sua vida! — gritou Untimbinde e seguiu viagem, indignada com o atrevimento daquela mulher intrometida.

Pouco depois, a formiguinha quis entrar no seu ouvido e aconselhá-la. Porém, quando a menina percebeu, deu-lhe um tapa com tanta força, que a coitada caiu tonta no chão, sem saber o que tinha acontecido.

Enfim, chegou ao *kraal* e foi entrando sem ser convidada. Os anciães não gostaram nada dessa atitude atrevida e perguntaram-lhe por que tinha vindo.

— Estou procurando um irmãozinho, e sei que é daqui que vêm os bebês — disse ela.

Os velhos se olharam sem dizer nada.

— Muito bem, venha comigo — convidou um deles. E a levou à cabana onde as mulheres trabalhavam.

A orgulhosa menina entrou na cabana esperando que fosse tratada e alimentada, e quando uma delas lhe deu o *shirondo* e pediu-lhe que fosse colher espigas na roça, Untimbinde não se conteve:

— É assim que vocês tratam os hóspedes neste país? Não conseguem perceber que fiz uma longa viagem e estou muito cansada? Quero descansar e comer! — exclamou.

As mulheres olharam umas para as outras e riram de um jeito estranho. Em seguida,

Colares

OS AFRICANOS

ofereceram-lhe uma minguada refeição e deram-lhe um lugar isolado para dormir, longe do fogo.

No dia seguinte, os anciães foram buscá-la e a levaram a uma casa ricamente construída, onde ficavam os bebês enrolados em panos brancos e vermelhos.

— Você pode escolher qualquer um desses pequenos — disse um deles.

Sem titubear, Untimbinde escolheu o que estava envolto no mais reluzente pano vermelho. Mas qual não foi a surpresa! Em vez de um bebê, o tecido escondia um horrendo monstrengo, que se agarrou na perna da menina, exigindo comida e cuidado. E ai dela se não obedecesse!

Os anciães puseram-na para fora do *kraal* do céu, dizendo-lhe que todos nós atraímos coisas semelhantes aos nossos sentimentos. Se somos alegres e bondosos, assim será o mundo à nossa volta. Se, pelo contrário, somos raivosos e vingativos, sempre estaremos envolvidos em brigas e cheios de rancor.

Dizem que Untimbinde continua até hoje a procurar o caminho de volta à terra, sempre com o monstrengo agarrado a ela. A inveja, ensinam os sábios Rongas, a fez perder-se.

Aldeia ndebele

ठड
indianos

A Índia é um lugar especial. O norte é coroado por uma cordilheira onde estão as montanhas mais altas do mundo, o Himalaia. As geleiras e a neve dessa cordilheira alimentam rios caudalosos que irrigam terras férteis e quentes. O centro do país é coberto por florestas densas chamadas jângales, cheias de tigres, rinocerontes, elefantes e cobras gigantescas. E o sul é banhado por um mar de cristal e pela areia fina das praias.

Claudio Blanc

Essa rica região tem abrigado muitas civilizações ao longo dos séculos. Isso fez com que a Índia se tornasse um país de muitos contrastes. Por exemplo, nesse país fala-se mais de 200 dialetos e línguas. Há muitas religiões também, como o Hinduísmo, o Budismo e o Islamismo, além de várias outras. Os indianos são muito religiosos, e grandes mestres espirituais nasceram lá.

As primeiras cidades da Índia foram fundadas há mais de 4 mil anos, e muito da tradição e cultura desse antigo povo é mantido até hoje.

Essa história começa há uns 40 séculos numa cidade chamada Mohenjo-Daro. Construída no vale fértil do rio Indo, era pavimentada, tinha esgotos e a água era transportada para as casas por um engenhoso sistema de calhas. Lá, vivia o povo dravidiano. Vindos do norte, os invasores arianos se misturaram a esse povo, e o resultado foi a formação de uma religião e um tipo de organização social que existe até hoje: o Hinduísmo.

Os hindus acreditam que o homem tem funções determinadas, como uma missão, para cumprir na vida. Portanto, nasce em diferentes classes ou castas. Cada casta tem uma tarefa e um grau de importância na sociedade. Há a casta dos sacerdotes, a dos guerreiros e nobres, a dos comerciantes e fazendeiros e a dos servos, que não têm direito a nada, nem de ir ao templo! São chamados de "intocáveis".

Houve um príncipe, chamado Sidarta Gautama, que vivia protegido pela sua

os indianos

condição de *kashatria* — ou nobre guerreiro. Morava num palácio tão grande e luxuoso, cheio de parques e jardins, que nunca precisava sair de lá; e seu pai, o rei, fazia tudo para que ele não fosse à aldeia vizinha. A primeira vez que Sidarta saiu de casa tinha 29 anos, e a pobreza e a dor que viu tocaram-no de tal forma, que resolveu abrir mão do título de príncipe, da sua mulher e do seu filho, para aprender a superar todo o sofrimento deste mundo e se tornar um iluminado, um ser humano pleno de si mesmo. Foi viver na floresta e estudar com os religiosos brâmanes. Depois de muitos anos de dedicação, seguiu seu próprio rumo e aprendeu com a natureza a ser um homem perfeito. Então, voltou para a cidade e passou a ensinar sua doutrina. Ganhou o apelido de Buda, que quer dizer "O Iluminado". Seus ensinamentos se espalharam por toda a Ásia, e o Budismo se tornou uma das principais religiões do continente.

Mandala

Muito tempo depois de Buda, no século XVI d.C., os muçulmanos estabeleceram uma importante dinastia no norte da Índia: os grão-mongóis. Além da língua e da religião, trouxeram uma arquitetura requintada e luxuosa. Construíram belíssimos palácios, fortes e templos, entre eles o Taj Mahal: um mausoléu enorme,

Os deuses cantam em homenagem a Shiva e Parvati

cujas paredes foram feitas de mármore branco tão fino, que permitia a passagem do facho de luz de uma lanterna. É todo incrustado de madrepérola, coral, turquesa, esmeralda e outras pedras, que formam intrincados desenhos de flores e ramos. Apesar de ser um monumento fúnebre, celebra o amor do Shah Jahan por sua esposa, Muntaz Mahal. Os dois eram muito felizes, mas ela morreu ao dar à luz. Ele ficou tão triste, que mandou erguer, bem em frente ao seu palácio, essa bela construção em memória da sua amada. Quando o sol se punha atrás do Taj, tingindo-o com seu sangue de luz, Shah Jahan observava-o da Torre Octogonal do Forte Vermelho, sonhando com os anos que viveram juntos.

A Índia é um país que tem muito a nos ensinar, coisas importantes que nossa civilização esqueceu: histórias antigas, ecos do passado de todos nós.

Flor (detalhe de manuscrito hindu)

Procissão

O deus-árvore

Um dia, há muitos e muitos anos, Brahmadata, o rei de Benares, teve uma ideia: "Por toda a Índia, os reis constroem seus palácios com várias colunas. Se eu construir o meu sustentado por uma única coluna, serei o primeiro a ousar tal arquitetura."

Então, ele chamou seus engenheiros e artesãos e os incumbiu dessa tarefa. Deveria ser uma construção magnífica, apoiada num único pilar.

— Assim será feito — garantiram os trabalhadores, e foram para a floresta procurar uma árvore suficientemente grande para sustentar o colossal edifício. Depois de muito procurar, finalmente encontraram uma que atendia à exigência do rei. Mas como não havia nenhuma estrada, era praticamente impossível transportar um tronco daquele tamanho. Decidiram perguntar a Brahmadata o que deveriam fazer.

— Se não há meios de trazer essa árvore da floresta, então vocês devem escolher uma do meu próprio parque.

E lá foram eles para o belíssimo jardim do rei, onde havia um bosque de árvores chamadas *sal*. Encontraram uma especialmente velha e alta. Era venerada pela família real e também pelos aldeãos, que traziam oferendas ao *deva*, ou espírito, que habitava aquela árvore.

Os trabalhadores voltaram e contaram ao rei sobre o achado.

— Ótimo! — disse ele. — Podem cortá-la, mesmo sendo uma árvore sagrada.

Mas isso não poderia ser feito sem a realização dos rituais propícios, a fim de pedir que o *deva* se retirasse da árvore.

Portanto, os artesãos fizeram oferendas de

Shiva Nataraja

Cabeça de Bhairava

os indianos

flores e ramos, acenderam lamparinas e disseram à árvore:

— No sétimo dia a partir de hoje, vamos derrubar você por ordem do rei. Que o espírito que aqui habita possa partir e que a culpa não recaia sobre nós.

O deus que lá morava ouviu aquilo e refletiu:

Deusa Kali

"Esses homens cortarão a minha árvore e perecerei assim que meu lar for destruído. As jovens árvores *sal*, ao meu redor, também serão destruídas com a minha queda, e com elas os *devas* que as habitam. Minha morte não me importa tanto quanto a dos meus filhos. Devo ao menos tentar salvá-los."

À meia-noite, o Deus-Árvore entrou na câmara do rei, resplandecente, iluminando com sua glória todo o aposento. O rajá, surpreso com tal imagem, gaguejou:

— Quem é você, assim tão triste, parecendo um deus?

— Sou conhecido no seu mundo como a Árvore da Sorte. Por 60 mil anos, todos os homens me amaram e veneraram; muitas casas, cidades e palácios foram construídos sem que nada fosse feito contra mim. Honre-me você também, ó rei!

Mas Brahmadata respondeu que precisava muito daquele tronco alto e liso para a construção do palácio, no qual a Árvore da Sorte continuaria a ser louvada por todos.

— Se assim deve ser — disse o Deus-Árvore —, peço que me conceda um pedido: corte primeiro minha copa, depois o meio e por último as raízes.

O rei protestou, pois seria muito doloroso para o *deva*:

— Ó Senhor da Floresta, por que cortá-lo membro a membro, galho a galho? O que ganharia com isso, senão sofrimento?

— Há um bom motivo: minhas sementes cresceram ao meu redor, debaixo da minha sombra, e eu esmagaria meus filhos ao cair.

O rei ficou muito comovido com a nobreza do Deus-Árvore, que preferia sentir dor a fazer os seus sofrerem, e com o coração tocado, juntou as mãos na frente de sua testa e disse:

— Ó Árvore da Sorte, ó Senhor da Floresta, sua bondade é tão cheia de coragem, que me ensinou uma lição para a vida inteira. Pode ir sem temer, pois vou poupá-lo.

O *deva*, então, abençoou o rei e partiu.

Brahmadata não construiu o palácio que faria os outros reis invejá-lo, mas foi um governante justo, amado e lembrado pelo seu povo, até mesmo depois de partir para o mundo dos deuses.

O deus Shiva

Sri Yantra

kah
apan

Na Índia, antigamente, havia homens e mulheres que habitavam os jângales, vivendo apenas da caça e da coleta de mel e frutos silvestres. Apesar da liberdade de que gozavam, não tinham acesso à cultura cultivada nas cidades.

Assim, um chefe desses bandos não fazia outra coisa a não ser caçar. Por onde passava, o ar se enchia com o latido dos seus cães e o grito dos seus homens. Ele era devoto de Subrahmanian, a divindade da montanha do sul. Suas oferendas ao deus eram bebidas fortes, galos e pavões; e celebrava seus rituais com danças e festas. Era assim que aquelas pessoas rudes adoravam suas entidades protetoras.

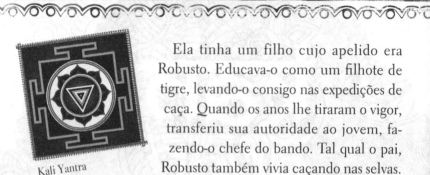
Kali Yantra

Ela tinha um filho cujo apelido era Robusto. Educava-o como um filhote de tigre, levando-o consigo nas expedições de caça. Quando os anos lhe tiraram o vigor, transferiu sua autoridade ao jovem, fazendo-o chefe do bando. Tal qual o pai, Robusto também vivia caçando nas selvas.

Um dia, numa caçada, um grande javali escapou da rede que o prendia e fugiu. Robusto e mais dois homens foram ao seu encalço. O bicho correu tanto e foi para tão longe, que caiu de exaustão e acabou recapturado. Os caçadores, cansados e famintos com a perseguição, resolveram descansar e comer o javali. No entanto, não havia água naquelas paragens. Decidiram andar mais um pouco à procura de um lugar melhor para acampar. Não tinham caminhado muito quando avistaram a colina sagrada de Kalaharti. Um dos homens apontou o alto do morro e disse que ali havia um *lingam* — uma imagem sagrada — e sugeriu que fossem lá para orar. Robusto pôs a enorme presa nos ombros e começou a subir o morro.

À medida que avançava, o animal ficava mais e mais leve e ele também se sentia como se flutuasse, transbordando de contentamento. Ansiava por descobrir a causa daquele milagre; e largando o javali, apressou o passo. Logo entendeu que aquele poder vinha do *lingam*, uma grande pedra parcialmente esculpida do deus Shiva. Ficou de tal forma tocado, que era como se o deus em

os indianos

pessoa tivesse falado à sua alma, mudando sua natureza, enchendo-o de amor pela divindade. Beijou a imagem, abraçando-a como um pai ao encontrar o filho há muito perdido. Reparou que, recentemente, alguém havia borrifado água nela e que estava coroada de flores. Seu companheiro disse que isso devia ser obra de um velho brâmane que morava naquele lugar havia muito tempo. Robusto quis servir ao deus, devotar-lhe seu sentimento. Correu ao acampamento, pegou alguns pedaços de carne, encheu a boca de água e voltou ligeiro ao *lingam*, deixando seus amigos perplexos com aquele comportamento. Ao chegar perto da estátua, ofereceu-lhe a iguaria, espargiu sobre ela a água que trazia na boca e enfeitou-a com as flores silvestres que ornavam seu próprio cabelo, pedindo ao deus que aceitasse sua oferenda. Quando anoiteceu, ficou guardando a pedra, com arco e flecha na mão. Ao amanhecer, saiu para caçar a fim de trazer mais presentes para Shiva.

Enquanto isso, o religioso brâmane, que havia tantos anos servia ao deus, apareceu para fazer seus serviços matinais. Trazia água pura num vaso de barro, flores, e recitava preces apropriadas, as únicas ofertas dignas de Shiva. Qual não foi seu horror ao perceber que o *lingam* havia sido maculado por carne e água impura! Quem teria se atrevido a poluir a santa imagem daquela forma? Encheu-se

de tristeza e pesar. O abate de criaturas era um crime selvagem; e o consumo de carne, um ato abominável aos olhos daquele devoto. Achava que o contato da boca humana era imundo e que os caçadores da floresta eram seres inferiores. Apressou-se a limpar a estátua e louvou-a de acordo com o rito correto, cantando o hino indicado. Feito isso, voltou para seu retiro.

Aquele ritual repetiu-se por muitos dias: o brâmane, trazendo água pura e flores de manhã; o caçador, espargindo água de sua boca e oferecendo carne à noite. A essa altura o pai de Robusto já havia tentado, sem sucesso, levá-lo de volta para casa, pois achava que o jovem estava possuído. Acabou por verificar a forte fé do filho e retornou à aldeia, deixando-o só. O eremita, por seu lado, orava com fervor para que Shiva protegesse sua estátua. De uma feita, o deus apareceu-lhe em sonho e disse:

"As oferendas daquele que você reclama são bem-vindas. Quem as traz é um caçador sem erudição que ignora as escrituras sagradas. Não veja a sua figura e sim o seu propósito. Ele está cheio de devoção por mim. Sua ignorância é o próprio reconhecimento da minha divindade. Seus presentes, abomináveis a seus olhos, são puro amor. Amanhã vou dar a você a prova dessa pureza."

No dia seguinte, Shiva escondeu o brâmane atrás do *lingam* e fez com que um dos olhos da imagem sangrasse. Quando Robusto chegou com suas prendas e viu o sangue, exclamou:

os indianos

— Ó mestre, quem feriu seu olho? Quem cometeu esse sacrilégio quando eu não estava aqui para protegê-lo?

E saiu procurando o inimigo por toda a floresta. Como não achou ninguém, tentou, em vão, curar a pedra com ervas medicinais.

Cena do Mahabharata

Lembrou-se do adágio dos médicos que dizia que os iguais se curam, isto é, que qualquer parte do corpo pode ser curada pela mesma parte de outro corpo. Arrancou, então, seu olho direito e colocou-o sobre o da estátua e curou-a. Mas desesperou-se ao ver que o outro olho da imagem começava também a sangrar. Pegou então a faca para cortar o olho esquerdo, mas Shiva interveio, impedindo-o de alcançar seu intento, e disse:

— Basta! Pelo amor incondicional que você me devota, seu lugar, de agora em diante, será ao meu lado, na minha casa, em Kailas.

Em seguida, o deus tomou o rude caçador pelas mãos e, juntos, ascenderam aos céus.

Foi assim que o sacerdote brâmane aprendeu a divina lição de que o amor é mais poderoso do que a rigidez das regras, e começou a adorar Robusto como Kan Apan, ou Olho Santo.

Os Nativos Brasileiros

Quando os portugueses chegaram ao Brasil, encontraram uma terra exuberante e fértil, onde "em se plantando tudo dá", segundo eles, que vinham de outra terra, de outro mar. Os habitantes daqui logo perceberam que seus convidados eram, na verdade, invasores que tinham "pólvora, chumbo e bala" e só queriam "guerrear". Na Europa, os povos do Novo Mundo ficaram conhecidos como "índios", ou natural das "Índias", que era um termo usado para designar qualquer terra desconhecida naquela época.

Pois bem, os índios foram dizimados ou obrigados a trabalhar nas lavouras. Dos 6 milhões de índios da época do descobrimento, restam hoje cerca de 300 mil. Sua coragem pouco podia contra canhões e bacamartes. Suas armas não furavam o colete à prova de flechas, feito de couro acolchoado, usado pelos bandeirantes que se embrenhavam nas matas para escravizá-los. Muitos fugiram para o interior, e os poucos que restam estão especialmente nas raras áreas da Mata Atlântica, no interior do Nordeste, nas bacias dos rios Paraná e Paraguai e na Amazônia. Antigamente, os índios se dividiam em pelo menos oito grandes nações, que se subdividiam em milhares de tribos, das quais os Tupi-Guarani e os Jê desenvolveram culturas mais elaboradas.

Nas praias, especialmente nas do Sudeste do Brasil, ainda há vestígios da presença desses povos e de suas atividades, que mostram como eles viviam. Os sambaquis, por exemplo, têm muito o que ensinar. São verdadeiros morros de conchas encontrados no litoral, restos de antigas aldeias, que revelam que os Tupi-Guarani começaram sua civilização há mais de 5 mil anos. Durante o inverno, habitavam os mangues, onde havia mais comida do que no planalto, que ficava acima da grande muralha de rocha e mata, a Serra do Mar. Lá, erguiam palafitas — casas construídas sobre estacas —, e no centro da aldeia faziam uma praça de cascalho e conchas, assentando o terreno lodoso original. Nessa praça

Urna funerária, Pará

Índios brasileiros

trabalhavam e confeccionavam seus utensílios, dançavam e realizavam rituais. Em tais depósitos podemos encontrar ferramentas de pedra, armas e restos de funerais.

Onde hoje fica o Estado de São Paulo, transportavam o produto da coleta e da pesca de canoa até Cubatão, que em tupi-guarani significa "porto das canoas". Voltavam a pé para suas aldeias, no planalto de Piratininga, onde viviam a maior parte de suas luas. Viajavam por imensos territórios, praticamente todo o Sudeste brasileiro, através de trilhas. A principal delas, que ligava a região de São Vicente à atual Assunção, no Paraguai, era chamada de Peabiru. Nessa região, porém, pouco sobrou dos antigos costumes e valores ancestrais. Os nativos são parte viva da floresta, irmãos dos animais e das plantas que nunca pensaram em dominar ou subjugar a natureza. Como todos os povos que a nossa civilização denomina como "primitivos", julgam-se filhos da Mãe Terra, incapazes de maltratá-la.

Padrões gráficos, etnia guarani

Onde já se viu um filho desrespeitar a mãe que o nutre e acolhe? Por isso, com o desaparecimento das florestas, desaparecem também os povos nativos.

Mas ainda existe neste enorme país uma região em que a natureza é tão exuberante, a mata tão fechada e a fauna tão rica, que talvez ainda possa ser preservada. É a Amazônia, onde se encontra o maior número de seres vivos da Terra, o grande banco genético do planeta. Lá, vivem homens e mulheres de várias etnias. Há povos gigantes e outros quase pigmeus; há aqueles avançados, com arte e cerâmica requintadas, cestaria refinada, casas elaboradas; e outros vivendo como se estivessem na Idade da Pedra. Todos, porém, com sua cultura, seus rituais, suas armas especiais, seus instrumentos musicais, sua culinária — uns mais, outros menos aculturados —, mas quase todos tocados pela nossa civilização tecnológica.

Essa imensa floresta é habitada por gente como os *Iguá*, que em vez de arco e flecha, usam a *zarabatana*, um tubo através do qual sopram dardos envenenados com *curare*, um veneno feito com a mistura de diversas plantas que, ao entrar em contato com o sangue da vítima, causa paralisia e morte instantânea.

Outro povo da Amazônia são os Bora, de língua tupi. Usam um eficiente meio de comunicação, o trocano, um enorme tambor de tronco, com o qual transmitem mensagens que podem ser ouvidas a quilômetros de distância.

Os Caxinauá, que vivem entre o Brasil e o Peru, são muito influenciados pelos povos dos Andes. Seu

Cocar caiapó

Índios brasileiros

artesanato é muito desenvolvido, e sua cestaria, requintadamente artística. Pintam a cerâmica negra com tabatinga — argila branca. Também fiam o algodão e tecem batas, que chamam de *cushmã*, que os protegem do frio que vem dos Andes. Cada povo com seu uso, cada roca com seu fuso.

Ainda restam na Amazônia cerca de 55 tribos que nunca tiveram contato com a civilização tecnológica. O governo brasileiro quer preservar esses povos e evitar que façam qualquer intercâmbio com a sociedade moderna. Porém, o que realmente os protege é a mata impenetrável que os isola do resto do mundo. Mas até quando?

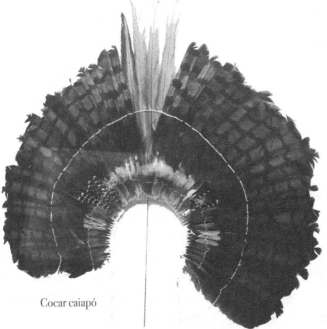

Cocar caiapó

O Paraíso na Terra

A tradição indígena conta que num tempo quase sem memória a grande nação Caiapó habitava um lugar onde não brilhava nem o sol nem a lua. Tampouco havia rios e florestas, peixes ou aves. O céu estava sempre nublado e nada tinha cor. Era tudo cinza e sem vida. Só uns poucos bichos viviam ali, e a única planta que os Caiapó conheciam era a mandioca. A sobrevivência não era fácil, mas o povo era grato pelo que tinha.

Cauará era um guerreiro destemido e um caçador generoso. O que ele conseguia sempre dividia com os velhos que já não podiam acompanhar uma expedição de caça. Um dia, ele saiu para caçar. Caminhou muito sem nada encontrar, até que, ao longe, avistou um tatu-canastra e

Índios brasileiros

começou a persegui-lo. O animal tentava a todo custo despistar seu perseguidor enveredando por terrenos pedregosos e perigosos, cada vez mais longe da aldeia. Mas Cauará não desistia e continuava em seu encalço. Estranhamente, à medida que a distância entre eles diminuía, o tatu crescia. Quando o caçador estava prestes a alcançar a presa, o bicho cavou o chão e escapou por um túnel. Mas Cauará não desistiu. Lá foi ele atrás do enorme tatu. Andou com cuidado pela escuridão do túnel, até ver uma luz ao longe.

Cauará ficou maravilhado com o que surgiu à sua frente. Ele havia saído num outro mundo, um lugar colorido, cujo teto era o céu azul, iluminado pelo sol que tudo acariciava com seu calor. Aves riscavam o horizonte com suas plumas multicoloridas. Nos rios, peixes faiscavam com suas escamas de prata. Nas praias brancas, nuvens de borboletas flutuavam sobre jabutis e tracajás. Ao fundo, estendia-se uma floresta esmeralda, cheia de árvores carregadas de frutos, onde viviam a onça, o falcão, o veado-campeiro e outros animais que os Caiapó consideram seus parentes.

Cauará ficou deslumbrado com a terra que via, com os cheiros que sentia e os sons que ouvia. Ficou observando o sol se pôr, e teve muito medo quando começou a escurecer. Mas, ao surgirem as estrelas, esqueceu seu temor, e seu coração foi novamente tocado ao ver a lua cheia nascer, clareando a mata, revelando a noite. A paisagem mudava à sua volta. Novas criaturas

Arte rupestre, Serra da Capiva

surgiam. A música da floresta transformou-se numa serenata. As estrelas dançaram e dançaram lá no alto, até surgir o sol trazendo o amanhecer.

O Caiapó ficou muito emocionado. Que lugar mágico era aquele! Tudo era vivo e bonito, como no mundo dos sonhos. Estava ansioso para voltar à aldeia e contar aos seus o que havia encontrado. Aquilo só podia ser um presente de M'boi, o deus serpente, para o seu povo.

Cauará correu para casa, chamou a tribo para o centro da taba e contou tudo o que tinha acontecido. Todo mundo ficou tão entusiasmado com o relato, que decidiu mudar para lá imediatamente. O pajé, então, invocou o espírito do tatu para guiá-los; e ele surgiu e cavou o chão, abrindo um túnel que levava ao paraíso na terra.

E lá vivem os Caiapó até hoje, amigos dos espíritos da mata, ajudando a proteger a selva. Com seu modo de vida, eles lembram ao homem civilizado que somos todos filhos da Mãe Terra.

Cocar caiapó

A Canoa Encantada

Os peixes e as tartarugas são os principais alimentos dos povos nativos brasileiros. Algumas tribos têm verdadeira aversão à carne de aves e mamíferos, pois acreditam ser parentes desses animais. Com tantas lagoas e rios caudalosos banhando suas terras, não poderia ser diferente. Por isso, a canoa é um meio de transporte essencial, e os habitantes da natureza são exímios construtores desse tipo de barco, mestres em diferentes técnicas.

Tapiri, da tribo Camaiurá, era o melhor construtor de sua aldeia. Seu povo vivia nas margens das lagoas e das nascentes do rio Coluene, onde hoje fica o Estado de Mato Grosso. Naquelas praias fluviais de areias brancas, o tracajá desova seus deliciosos ovos, e as

Claudio Blanc

Máscara e arte plumária caiapó

águas fervilham de peixes. Os Camaiurá não abandonam os entornos das lagoas que lhes dão tudo aquilo de que precisam. Os homens pescam, as mulheres cuidam da roça; e juntos, criam os filhos, cuidam uns dos outros, celebram seus festivais com muita dança e alegria.

Tapiri era também um exímio pescador. De pé na canoa, avistava um peixe, preparava o arco e... raramente errava uma flechada.

Um dia, na época das chuvas, resolveu construir uma canoa de casca de jatobá. Nessa estação do ano a umidade facilita a remoção da casca da árvore. Andou pela mata até encontrar um jatobá imenso, de tronco alto e reto, perfeito para fazer uma canoa. Limpou o terreno que circundava a árvore, ergueu jiraus ao seu redor para poder trabalhar melhor e começou a abrir sulcos na casca, na forma da piroga. À medida que cortava a casca, colocava cunhas entre ela e o tronco. Depois, subiu nos jiraus e molhou a madeira, enquanto a desprendia cuidadosamente. No chão, acabou de entalhar a casca, e com o fogo, curvou-a, fazendo a popa e a proa. Estava pronta a piroga. Agora era só esperar a estação de pesca.

Urna funerária marajoara

Índios **brasileiros**

Quando a chuva cessou, as lagoas tornaram a se encher de peixes, e Tapiri voltou para o lugar onde havia deixado a canoa, ansioso para colocá-la na água. Mas não a encontrou. Procurou, procurou e nada. Sentou-se triste numa clareira da mata, encafifado, imaginando o que teria sucedido com a piroga. Será que alguém a teria levado embora, ou será que algum animal a havia destruído?

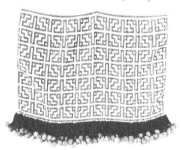

Miçangas tiriyó-kaxuyana

Estava absorto nesses pensamentos, quando ouviu um barulho. Levantou-se para escutar melhor. Parecia uma grande anta que corria pela floresta em sua direção. Imediatamente Tapiri apanhou o arco, armou uma flecha e esperou, com o coração batendo acelerado e... Eis que surgiu do mato, andando feito bicho, a canoa. Ele tomou um susto tão grande, que deixou cair a arma. Sua embarcação havia ganhado vida. Criou olhos e boca na proa e se movia com as próprias pernas. Aproximou-se de Tapiri e fez-lhe um sinal com a cabeça para que embarcasse.

Pintura corporal e arte plumária assurini

— Você transformou-se num jacaré! — disse Tapiri. — Por isso, vou chamá-la de Igaranhã.

E a canoa entrou na água, com Tapiri a bordo. Assim que começaram a navegar, peixes dos mais variados tipos, tamanhos e cores pularam para dentro da canoa. Igaranhã devorou muitos deles, até satisfazer-se, mas sobrou o bastante para Tapiri, que os levou para a aldeia vangloriando-se de ser bom pescador. Distribuiu a pesca entre seu povo, como é costume, sempre afirmando que não havia ninguém tão hábil quanto ele. Contou que havia construído uma canoa encantada que lhe dava toda a pesca que podia carregar.

— Vocês acham que eu trouxe bastante peixe hoje, não é? Pois amanhã trarei muito, muito mais — gabou-se ele.

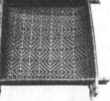

Cestaria wapishana

Todo mundo olhou-o com respeito e admiração, tratando-o como um herói. Passaram a madrugada festejando a sorte da comunidade em ter alguém como Tapiri.

Na manhã seguinte, antes que a aldeia despertasse, Tapiri saiu, todo orgulhoso de si, para o lugar onde havia deixado Igaranhã. Como da primeira vez, quando chegou lá não havia nem sinal da canoa encantada. De repente, ela apareceu como que por encanto, saindo do mato.

— Venha, vamos pescar! Quero levar muitos peixes para casa — disse Tapiri enquanto pulava para dentro da canoa.

De novo a piroga se encheu de pesca assim que tocou a água. Só que dessa vez Tapiri não deixou Igaranhã comer nenhum peixe, nem o menor deles, guardando

Índios brasileiros

Arqueiro rikbaksta

todos para si. A canoa ficou muito brava e tentou abocanhar alguns deles, pois estava com fome. Tapiri, egoísta, bateu-lhe na cabeça com o tacape para dominá-la. Mas isso apenas a enfureceu mais ainda e ela atacou o índio, terminando por devorá-lo.

O desaparecimento de Tapiri foi assunto de muitas luas na aldeia. Que teria acontecido com ele, que era tão habilidoso, que tinha tanto dom? Quando perguntaram isso ao pajé, o velho sorriu seu riso desdentado e respondeu baixinho:

— Não sei ao certo o que houve com Tapiri. Quando perguntei ao espírito do rio, ele só disse: "O que vem fácil, fácil vai". Vai ver, Tapiri fez mau uso de seu presente...

Caboclo, por J.B. Debret

Cestaria do povo karajá

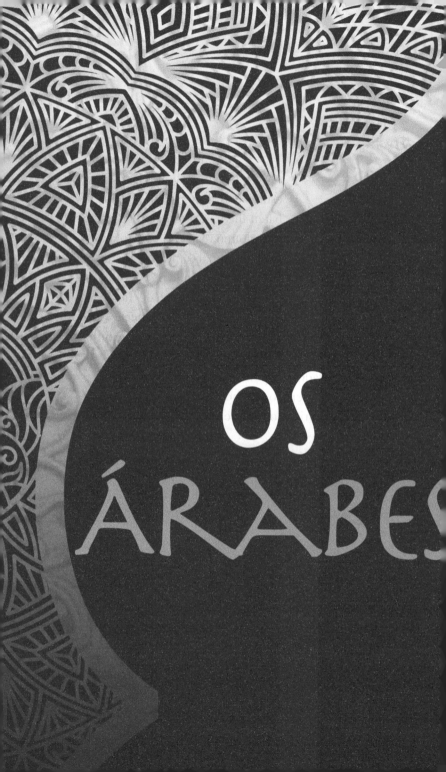

urante a Idade Média, os árabes conquistaram uma grande parte do mundo. Seus domínios incluíam o sul da França, parte da Espanha e de Portugal e uma extensa faixa que ia do norte da África à Índia. Eles atingiram um grau de civilização elevadíssimo, comparado com o da Europa daquela época. Enquanto as cidades de Londres e Paris eram assoladas por pragas advindas da sujeira e falta de higiene, Bagdá e Cairo, enfeitadas com magníficos edifícios e parques, eram centros de desenvolvimento de artes e ciências. Seus médicos, cientistas e enciclopedistas foram fonte de conhecimento para os europeus, séculos depois. Introduziram inúmeras invenções que permitiram à humanidade evoluir e aprimorar-se. Arquitetos e comerciantes habilidosos desenvolveram a matemática aprendendo uma lógica muito inteligente, que chamaram de *al-jabrā*, a nossa conhecida álgebra. Também contribuíram muito em outros campos do conhecimento humano. Seus filósofos e místicos são amplamente estudados e reconhecidos até hoje, e os heróis de sua literatura, como Aladim e Simbá, povoam os sonhos de gente do mundo inteiro.

Mas a tradição, o modo de vida e a cultura árabe têm sua essência nos nômades — ou beduínos — que vivem nos desertos áridos, longe dos pomares e dos campos arados dos oásis e vales. Armam suas tendas de crina de camelo onde quer que haja alguns arbustos ressecados para alimentar seus rebanhos e aí permanecem até não restar mais nada. Daí, levantam acampamento e partem em busca de outras pastagens.

O animal que melhor se adapta a essa região é o camelo. Ele fornece leite, do qual fazem coalhada, e ocasionalmente, carne. Da lã, confeccionam roupas e tendas, e até mesmo seu esterco seco é utilizado como combustível.

Os beduínos vivem em clãs, regidos por um código de honra que se tornou o ideal de todos os árabes. Os laços de parentesco são motivo de muito orgulho, mas o título mais importante — xeque —, não é hereditário, isto é, não passa de pai para filho. Tem de ser conquistado com valor pessoal.

Xeque quer dizer "ancião da tribo", e é ele quem lidera e protege os membros do clã,

Relevo de pedra com arabescos na Mesquita Omíada (Damasco, Síria)

OS ÁRABES

quem preserva os principais valores — coragem, honra e generosidade —, pois o líder deve ser, antes de tudo, um exemplo para seu povo.

As histórias dos beduínos falam de justiça e desprendimento. Num lugar sem árvores nem água, negar abrigo e comida pode significar negar a própria vida. Por isso, a riqueza de um homem não é medida pelo que ele tem, mas pelo que ele dá. Quanto mais alguém doa, mais importante se torna na comunidade. Entre os árabes, a hospitalidade é uma forma de celebrar a vida. A chegada de um hóspede é um dos acontecimentos mais festejados do acampamento. Após ser saudado e alimentado de acordo com seus costumes, o convidado é entretido com lendas e canções que falam da virtude dos beduínos. Isso encoraja os viajantes, pois sabem que sempre haverá alguém para ajudá-los quando estiverem atravessando os desertos da vida.

Painel de azulejos com flores. Turquia: Iznik, segunda metade do século XVI

O ÚLTIMO CAMELO DO EMIR HAMID

O sol já se punha atrás das dunas quando o viajante chegou ao oásis do clã Beni Khalid. Os pastores que traziam os rebanhos de volta dos pastos o receberam e o conduziram até a tenda do xeque, que o recebeu de braços abertos e tratou de reconfortá-lo depois da longa jornada. Em seguida, mandou um servo convidar os homens livres do acampamento a participar da ceia em homenagem ao forasteiro.

OS ÁRABES

Logo, todos se reuniram no pavilhão do anfitrião, e um lauto banquete foi servido. Comeram até não poder mais, e enquanto bebiam o delicioso café condimentado com sementes de cardamomo, o rapsodo da aldeia recitou poesias, acompanhado ao *rabab*, instrumento de uma só corda. Depois de cantar algumas canções, ele contou a história do emir altruísta:

Emir Hamid, o xeque de sua tribo, era tão rico quanto generoso. Não poupava recursos para receber seus hóspedes. Sua fama corria o deserto, e eram tantos os que buscavam abrigo em sua tenda, que logo acabou sem nada. Foram-se seus muitos rebanhos, seu ouro e sua prata. Ficou reduzido a um único camelo.

Azulejo Iznik, c. 1560

Certa vez, o sultão e seu ministro, que costumavam viajar pelo reino disfarçados, pediram abrigo ao emir Hamid. Os dois estavam vestidos como dervixes, ou monges mendigos, e o bom xeque nem desconfiou que seus convidados eram importantes. Mesmo assim, fê-los entrar, estendeu confortáveis tapetes para sentarem e, com um gesto, pediu que a mulher lhes servisse algo para comer. Ela respondeu alto:

— Não há nada para comer nesta casa.

— Peça então à nossa vizinha uma tigela de farinha para oferecermos aos nossos hóspedes um pouco de pão — instruiu o emir.

A mulher foi até a vizinha e pediu-lhe farinha.

— Eu não tenho nada — disse a outra. — Mas se você quer mostrar sua hospitalidade, por que não oferece a carne do seu camelo?

A esposa de Hamid voltou e repetiu ao marido as palavras da vizinha, e ele, sem hesitar, abateu o camelo e começou a assar a carne.

Azulejos com caligrafia no pátio da Mesquita Süleymaniye em Istambul (Turquia)

OS ÁRABES

Quando o sultão e o ministro viram o que ele estava fazendo, gritaram:

— Pare, xeque! Esse é o camelo que carrega sua tenda nas andanças da tribo…

— Não! — replicou o emir. — Esse é o camelo que alimenta meus convidados. Alá enviará outro para tomar seu lugar.

Roseta de Shah Jahan

E serviu-os até que ficassem satisfeitos. Depois da refeição, o soberano perguntou:

— Qual é o seu nome?

— Emir Hamid.

— Pois vá à mesquita na próxima sexta-feira, porque o sultão lhe pagará o preço do seu camelo.

Assim, na sexta-feira, o dia santo dos muçulmanos, o xeque foi à mesquita à procura do rei.

— Onde posso encontrar o sultão? — perguntou a um fiel à entrada do templo.

— É aquele senhor suplicante que está de mãos erguidas. Está pedindo que Deus o abençoe — apontou o homem.

"Está nada!", pensou emir Hamid. "Está pedindo a Alá um camelo para me pagar. Ora, sou suficientemente capaz de fazer isso eu mesmo", concluiu, orgulhoso, e saiu resoluto da mesquita.

Andou até a orla do deserto, e à sombra de uma duna, estendeu seu manto à guisa de tapete de oração. Ajoelhou-se, juntou as mãos sobre a cabeça e orou:

"Ó Alá todo-poderoso! Aquilo que o sultão lhe pede, conceda-me também!"

Quando terminou de rezar e preparava-se para levantar, percebeu que o vento havia soprado a areia que cobria um alçapão. Puxou a alça, e a tampa se abriu sem muita dificuldade, revelando uma escada que levava a um aposento subterrâneo. Desceu por ela e lá encontrou sete jarros de barro cheios de moedas de ouro.

— Por Alá! — exclamou. — Obrigado, ó Deus, por atender minha prece. Saberei partilhar o que me dá com seus filhos peregrinos!

Sem mais demora, montou a tenda sobre a entrada da sala do tesouro e comprou tantas cabras, carneiros e camelos quantos jamais tivera. Enfeitou seu pavilhão com a mais fina tapeçaria e encheu-o de almofadas de seda. Tinha tudo o que precisava e ninguém do acampamento passava necessidade, pois o benevolente xeque tomava para si a tarefa de cuidar do seu povo.

OS ÁRABES

E o sultão? Um dia, muitos meses depois de terem-no hospedado no oásis do emir Hamid, ele perguntou ao seu ministro:

— O que é feito daquele homem que abateu seu único camelo para nos alimentar? Nunca veio reclamar seu pagamento. Vamos procurá-lo e descobrir o que houve.

Ao chegarem ao oásis, espantaram-se com o tamanho dos rebanhos que viram. Eram tantos animais, que os raios do sol não conseguiam chegar até o chão.

— Quem é o dono de tantos camelos? — perguntaram aos pastores.

— Emir Hamid — responderam.

— E de tantos cavalos, e de tantas ovelhas, e de tantas cabras?

A resposta era sempre Emir Hamid.

— Como pode ser?! — indagou o sultão. — Quando o conhecemos, ele não tinha nada. De onde vem tanta riqueza? Vamos procurá-lo e perguntar-lhe.

E lá foram para a tenda do xeque. Deslumbraram-se com o que viram: a armação da tenda era toda revestida de ouro marchetado; o chão, coberto com os mais ricos tapetes da Pérsia e da Índia; as almofadas, feitas da mais fina seda de Damasco. No braseiro, ardia incenso perfumado.

Cena do Khamsa de Nizami, persa, c. 1539–43

O emir Hamid os recebeu com a habitual hospitalidade, e depois de comerem até não aguentar mais, o ministro disse:

— No último ano viemos pedir-lhe pouso, disfarçados de dervixes, e você abateu seu único camelo para nos alimentar. O sultão se ofereceu para pagar-lhe uma compensação, mas você nunca apareceu para reclamá-la. O que houve?

O beduíno contou sua história: a ida à mesquita, a súplica religiosa, o achado do tesouro subterrâneo.

O ministro, malicioso, cochichou no ouvido do sultão:

— Sua Majestade, que é o soberano do nosso tempo, não tem sete jarros de moedas de ouro. Prenda esse homem enquanto há tempo, ou ele pagará a mercenários para tomar sua capital.

— Mas eu não posso fazer mal a um homem que foi generoso comigo — replicou o rei.

— Precisamos pensar num meio — sussurrou o maldoso ministro. — Amanhã, quando acordar, diga-lhe que teve um sonho em que dizia *Au! Au! Au!* e peça-lhe que o interprete. Ele responderá que só um cão diz "Au! Au! Au!", e isso é ofensa suficientemente grave para mandá-lo para o calabouço.

Na manhã seguinte, quando o sultão tomava café com o emir, contou-lhe o sonho que tivera:

OS ÁRABES

— Xeque, na noite passada, um sonho perturbou-me o sono. Sonhei que estava falando *Au! Au! Au!* Você é capaz de interpretá-lo? Alá permita que seja um bom presságio!

— Senhor sultão — respondeu o emir Hamid —, creio ser capaz de interpretar seu sonho. O primeiro *Au!* significa "luz", no dialeto *dhau*, e a mensagem que traz é: "Bendito aquele que dispersou a escuridão e nos deu a luz". O segundo *Au!* quer dizer "ar", no dialeto *djau*, e representa seu próprio pensamento: "Bendito aquele que abre as asas do pássaro no ar". E o terceiro é, na verdade, *Au!*, ou "mal", seu próprio desejo de castigar aquele que trama o mal.

O sultão franziu o cenho, assumindo uma expressão seveííssima. Chamou seu guarda pessoal e mandou prender o ministro invejoso. A seguir, nomeou o emir Hamid para substituí-lo, pois era de um ministro sábio e justo que o reino precisava. E assim o país e o povo prosperaram...

Quando o rapsodo terminou de contar a história, dizendo: "Pois assim é quando um homem é nobre", à maneira dos beduínos, os homens de Beni Khalid olharam orgulhosos para o viajante que os visitava. Queriam que, além da hospitalidade, soubesse que tipo de pessoas eram. Fitavam-no com um sorriso que dizia: "Assim somos nós!"

E o forasteiro sentiu-se honrado e tomado de um profundo respeito por esse povo do deserto.

Cerâmica Iznik, c. 1575

O SUCESSOR DO XEQUE

Entre os senhores do deserto havia um xeque chamado Ghanim. Era o homem mais respeitado de sua tribo e tinha muitos filhos. O mais novo se chamava Diab. Como o xeque já estava idoso, os Hilalis, seu clã, foram pedir-lhe que indicasse um sucessor.

— Ghanim — perguntaram eles —, qual dentre nós deve ser o líder e protetor da nossa gente?

— O mais hábil de meus filhos deverá guiá-los — respondeu o ancião. — Diab será o chefe dos Hilalis.

— Sua sabedoria é grande, Ghanim — retrucaram —, mas Diab é ainda jovem. Tem muito o que aprender.

— Pois esperem e verão — disse Ghanim.

Os homens não concordaram com ele, mas não o contradisseram. Afinal, o chefe de uma tribo beduína deve conquistar a liderança com seus feitos.

OS ÁRABES

Uma noite, quando todos os cavaleiros estavam reunidos ao redor da fogueira, Ghanim perguntou:

— Algum de vocês sabe me dizer quem é aquele a quem a natureza se curva?

Ninguém respondeu. Diab observava a beleza das chamas dançando na sombra da noite. Finalmente, disse:

— O fogo é feroz e poderoso, mas não invencível. Pode consumir imensas florestas, e hordas de guerreiros não conseguem detê-lo. No entanto, a água apaga o fogo.

Fez uma pausa, como se para ouvir a lenha crepitando, e continuou:

— A água é quem nos traz a vida. O oceano é infinito em seus mistérios, força imensa. Mas não pode invadir as terras altas. É a terra que se impõe sobre a água. E quem a conquista? — perguntou.

— O cavalo — respondeu um dos beduínos.

— Sim, porém o cavalo, mesmo que percorra a extensão da terra, obedece ao seu amo, que dele trata e o alimenta. O cavaleiro, por sua vez, orienta seus atos pelos filhos, pois não há nada mais importante para um pai.

Diab deixou que o silêncio os envolvesse, antes de concluir, mostrando sua sabedoria:

— Nada se opõe às crianças, pois o mundo é delas. A vida se abre para elas, as acolhe como filhos que são.

Ghanim sorriu, orgulhoso da sabedoria do caçula.

Arabesco no Forte de Agra, na Índia

— Você tem razão, Diab. Alá criou o mundo para as crianças. Diante da doçura delas, até mesmo Ele, o Criador, cede. Agora, vá descansar, porque amanhã quero que leve os camelos ao pasto.

No dia seguinte, enquanto Diab cuidava dos camelos que pastavam, passou um beduíno cavalgando uma belíssima égua cinza. Assim que a viu, Diab quis ficar com ela. Perguntou ao homem se estava disposto a vendê-la.

— Sim, concordo em vendê-la — disse o beduíno. — O que me oferece em troca?

— Cinquenta camelos — propôs Diab.

Era um preço mais do que justo, mas o ganancioso proprietário só se desfaria da égua por uma oferta muito alta.

— Este animal é incomparável. Você bem sabe disso. Não posso vendê-lo por menos de 70.

— Não tenho tudo isso. Se quiser aceitar esse rebanho de 66...

O outro tratou de fechar negócio o mais rápido possível, feliz por conseguir tanto por sua montaria.

Quando o rapaz voltou ao acampamento levando apenas a égua cinza, todos riram dele.

Escrita cúfica em um Corão do século XI

OS ÁRABES

— Como Diab é tolo! — exclamaram. — Trocou seus camelos por uma única égua!

À noite seu pai quis saber do negócio:

— Ouvi dizer que você comprou uma égua. Como é ela?

— É um animal como poucos. Paguei caro por ela, tudo o que o senhor me deu. Mas, ao comprá-la, tive a certeza de que era o certo.

— Deixe estar. Com o tempo, ela vai mostrar seu valor! — disse o xeque.

Não muito tempo depois, alguns jovens da aldeia resolveram realizar uma corrida de cavalos.

— Vamos apostar dez camelos cada um — propôs um deles. — Nós os levaremos a um oásis bem longe do acampamento e os deixaremos lá. No dia seguinte, cavalgaremos até eles. O primeiro que lá chegar será o dono do rebanho.

Como não possuísse mais nenhum camelo, Diab pediu alguns para a sua tia paterna. Dessa forma, pôde participar da disputa.

No dia da corrida, os outros 11 corredores já haviam arreado seus cavalos e estavam prontos para cavalgar até o lugar onde os camelos haviam sido deixados. E Diab? Ele nem parecia que ia correr!

— Onde está seu cavalo? Você não vem conosco? — perguntaram-lhe.

— Vão na frente, em breve os alcançarei — disse ele.

— O caçula de Ghanim é mesmo um bobo — cochicharam. — Além dos 66 camelos que trocou por uma única égua, vai perder mais esses dez. E saíram em disparada. Foi só então que, sem pressa, Diab começou a preparar sua égua. Montou e saiu como um raio.

Enquanto isso, todos os cavalos estavam esgotados, pois o oásis era longe e o deserto, muito quente; exceto dois deles, que estavam bem próximos da chegada. Um dos cavaleiros sugeriu:

— Nossas montarias empataram. Não vamos estropiar os animais. Descansaremos um pouco, e quando chegarmos ao rebanho, o dividiremos entre nós. Cada um de nós ficará com 60 camelos.

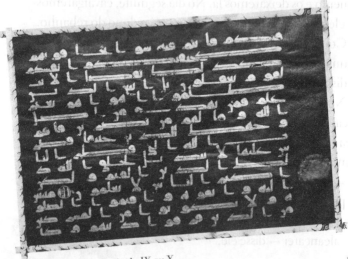

Escrita cúfica do século IX ou X

OS ÁRABES

Depois do repouso, seguiram lentamente, e quando estavam quase chegando ao destino, encontraram Diab, que voltava do oásis com os 120 camelos. Os dois ficaram estupefatos:

— Diab, nem vimos você largar... Você... chegou primeiro?!? — gaguejaram.

— Como podem ver... — disse Diab.

No acampamento, seu pai o aguardava com o coração transbordando de alegria.

— Eu disse que a égua mostraria seu valor, não foi, meu filho? Às vezes, precisamos pagar um preço muito alto por alguma coisa em que acreditamos, e às vezes perde-se tudo. Mas, quanto maior o risco, maior a recompensa.

Com o tempo, Diab provou, com sua ousadia e inteligência, que Ghanim estava certo e ele foi feito xeque dos Hilalis, a quem passou a guiar pelos caminhos do deserto.

Sultão Muhammad

Do norte
gelado da Escandinávia,
onde brilha a aurora boreal,
saíram os vikings,
para explorar o
mundo.
Originalmente fazendeiros, habitavam
uma terra sem muitos recursos, sempre
castigada pelo frio intenso. Por isso,
empreendiam expedições de colonização
e saque. Povoaram grandes regiões da
Europa entre os séculos VIII e XI. Na
França, conquistaram a Normandia,
e também reinaram na Inglaterra,
onde deixaram muitas palavras na
língua inglesa. Fundaram a cidade de
Novogorod, capital do primeiro Estado
russo. Chegaram até Constantinopla
— hoje Istambul — na Turquia.
Colonizaram a Groenlândia e a Islândia.

Leif Ericsson, um dos muitos exploradores desse povo, chegou até a América do Norte.

Marinheiros exímios, inventaram um tipo de barco comprido, movido com o auxílio de remos e vento, que resistia aos rigores do mar polar e era fácil de manobrar, o *drakkar*. Com tal embarcação, podiam subir rios e entrar no interior de um país para explorar ou atacar suas aldeias.

Foi com um *drakkar* desses que Eric, o Vermelho, filho de um chefe islandês, partiu da sua terra, banido pelo conselho da tribo, acusado de assassinato. Velejou rumo ao oeste, para onde nenhum outro membro da sua gente havia ido. Nas pouquíssimas noites sem neblina, guiava-se pelas estrelas. Quando não podia ver o céu, orientava-se pelas correntes marítimas e pelas baleias[3]. Enfim, Eric chegou a uma ilha desconhecida, que chamou de "Groenlândia", ou Terra Verde (Greenland), em inglês. Lá, se estabeleceu, fundando uma próspera colônia. Seu filho, Leif Ericsson, baseando-se nos relatos de um navegador chamado Bjarni Herjulfsson, foi ainda mais longe. Zarpando da Groenlândia, chegou a uma terra que chamou de Vineland, ou Terra das Videiras, pois havia uvas silvestres ao longo do litoral. Na verdade, tinha chegado à América do Norte.

Conhecemos bem os detalhes desses descobrimentos, pois estão relatados nas sagas, a sofisticada literatura viking. São crônicas

---

[3] Esses mamíferos, que estão sempre migrando pelos oceanos, estabelecem verdadeiras rotas de navegação.

Os Vikings

Barco viking

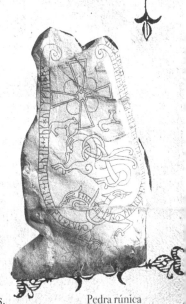
Pedra rúnica

sobre a vida dos reis e as expedições, escritas pelos bardos que tomavam parte nelas. Mitos repletos de coragem, resignação e de heróis que enfrentavam a morte para ser honrados por Odin, o rei dos imortais, em Asgard, o país dos deuses. Apenas os mais valentes podiam compartilhar o banquete divino no Valhala, o palácio de Odin.

Naquela terra de verões curtos e invernos rigorosos, onde o estalar das geleiras soa como os estrondos do martelo de Thor, o deus do trovão, o arco-íris é a ponte que liga Midgard, o mundo dos mortais, ao reino dos deuses. Os Vikings o chamavam de Bifrost e diziam que suas cores eram feitas de fogo, água e ar. A ponte do arco-íris era guardada por Heimdall, o deus da sabedoria e bondade. Somente quem fosse digno podia atravessá-la, e Heimdall anunciava sua passagem tocando uma trompa, que era a lua crescente. Quando ocorresse a batalha final entre as forças do bem e do mal — chamada de Ragnarok —, Heimdall tocaria uma nota semelhante à explosão dos enormes blocos de gelo despencando do alto das geleiras, derretidas pelo calor da guerra. Esse seria o aviso do fim dos tempos. Ouvindo essa história, pode-se até imaginar que, com suas runas — símbolos gráficos que usavam para prever o futuro —, eles já previam, naqueles tempos, o superaquecimento do planeta causado pela queima de combustíveis.

Os Vikings ficaram conhecidos como um povo bárbaro e cruel. A verdade é que a época em que viveram era sanguinária. Além disso, a história foi escrita pelos seus inimigos. De fato, seus valores mais importantes eram o orgulho, a honra e a obediência às leis. Eles valorizavam os atos de guerra e a reputação pessoal, que chamavam de "Valor da Palavra" — aquele que a obtivesse tinha o respeito e a admiração de todos —, e deixaram escrito: "A riqueza acaba, os amigos se vão. O gado perece e o trigo é consumido. Mas há algo que não morre nunca: o Valor da Palavra! O Valor da Palavra é eterno para aquele que, com coragem, o conquistou".

Navio viking em relevo

Jutunheim, o Reino dos GIGANTES

Desde o começo dos tempos, os Aesir — habitantes de Asgard, o país dos deuses — rivalizavam com os gigantes. Depois de terem sido derrotados por Odin, o rei dos Aesir, e seus dois irmãos Vili e Ve, os gigantes tinham deixado os humanos em paz. Mas começavam a tornar-se impertinentes de novo. Causavam maremotos, terremotos e avalanches que destruíam as cidades e afundavam os navios dos homens. Os Aesir resolveram tomar providências, e Thor, o deus do trovão; e Loki, o deus da trapaça, foram enviados numa viagem a Jutunheim, o reino dos gigantes, para adverti-los.

Cláudio Blanc

Na primeira noite da jornada, cansados e com frio depois de cruzarem campos e montanhas gelados, chegaram a uma casa muito estranha. Estavam tão exaustos, que não ligaram para a aparência do abrigo e trataram de se acomodar e dormir. Mas, mesmo estropiados como estavam, não conseguiram pregar os olhos. É que o chão tremia e um barulho descomunal ecoava pelas paredes. Decidiram explorar mais a casa e descobriram um outro quarto, mais recolhido, onde puderam dormir um pouco melhor. Na manhã seguinte, quando saíram, perceberam o que lhes tinha perturbado o sono: um gigante roncava bem ao lado deles. Os dois ficaram muito mal-humorados por não terem conseguido descansar quase nada. O gigante acordou, levantou e começou a procurar alguma coisa no chão. Era uma luva, onde Thor e Loki haviam passado a noite pensando estar em uma casa esquisita. O quarto em que tinham dormido era o polegar da luva.

O gigante aproximou-se deles e disse:

— Meu nome é Skrymir. Estou indo para o palácio de Utgard, em Jutunheim. E vocês, quem são?

— Somos Thor e Loki, de Asgard. Também estamos indo para o palácio de Utgard, o rei dos gigantes — responderam os Aesir.

— Nesse caso, podemos seguir viagem juntos. Terei o maior prazer em lhes mostrar o caminho e dividir meus mantimentos com vocês — convidou Skrymir.

Estela com duelo de espadas

Os Vikings

Dragão

Os dois deuses ficaram muito contentes, pois, além de não conhecerem a estrada, estavam quase sem mantimentos. Resolveram ir com o gigante.

Mas aquele acabou sendo um dia terrível. Thor e Loki sofreram os tormentos do cansaço tentando acompanhar os passos imensos do companheiro. À noite, quando acamparam, as coisas não melhoraram nada. Skrymir deu-lhes seu saco de provisões para que se servissem, mas nem mesmo o poderoso Thor conseguiu desatar o nó que fechava o embornal. Famintos, tentaram dormir, e de novo foram impedidos pelos roncos de Skrymir. Thor, que era muito, mas muito bravo mesmo, ficou enfurecido e resolveu dar uma martelada no gigante para ver se ao menos ele parava de roncar. A arma do deus do trovão era um martelo de pedra chamado *miölnir*, que quer dizer "destruidor", de onde vinha seu poder. Pois bem, Thor deu-lhe uma martelada medonha na cabeça. Mas Skrymir apenas entreabriu os olhos e perguntou:

— O que foi isso? Será que uma folhinha caiu na minha testa? — e voltou ao sono, roncando mais alto ainda. Loki, o trapaceiro, incitou Thor a agir contra o gigante, que além de não os ter alimentado como prometera, não os deixava

Padrão nórdico

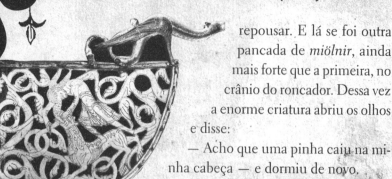

Tyr e Fenris, em roda-de-
-vento da Era Viking

repousar. E lá se foi outra pancada de *miölnir*, ainda mais forte que a primeira, no crânio do roncador. Dessa vez a enorme criatura abriu os olhos e disse:

— Acho que uma pinha caiu na minha cabeça — e dormiu de novo.

Os dois Aesir ficaram acordados até pouco antes do amanhecer, quando Thor, desesperado, fincou mais uma vez o martelo nos miolos do gigante, que apenas resmungou:

— Passarinho inconveniente. Bem em cima de mim...

Durante o desjejum, os cansados deuses ainda tiveram de ouvir Skrymir contar vantagens sobre o reino dos gigantes:

— Eu sou apenas um anão perto dos nossos grandes campeões. Vocês verão — avisou ele.

Continuaram a jornada e, bem ou mal, graças a Skrymir, chegaram a Jutunheim. Foram conduzidos ao imenso palácio de Utgard, o rei dos gigantes, onde se oferecia um banquete. Para surpresa dos deuses de Asgard, eles foram muito bem recebidos e acomodados num lugar reservado para convidados importantes, apesar de terem de aguentar piadas e comentários maldosos sobre sua baixa estatura — na verdade, qualquer pessoa ficaria bem pequena perto dos habitantes daquele país. Loki logo começou a contar vantagem, dizendo que nenhuma criatura dos nove mundos comia mais rápido do que ele.

Os Vikings

— Ora, essa é muito boa! — riu Utgard. — Mesmo sendo minúsculo, você acha que come mais rápido que qualquer criatura dos nove mundos?! Pois isso é o que vamos ver. Eu desafio você a enfrentar Logi, nosso campeão de comilança.

— Que venha muita comida então — bradou Loki —, porque estou faminto.

Utgard estalou os dedos, e os servos trouxeram uma travessa imensa cheia de carnes cozidas, assadas, recheadas, peixes defumados, com escabeche, cremes, queijos de todos os tipos e mel — muito mel, que os Vikings adoravam —, pães, doces e várias outras iguarias, e a colocaram entre os dois comilões, que começaram a devorar tudo. Porém, enquanto Loki começava a devorar seu prato, seu adversário já havia acabado tudo e começava a comer da travessa. Todos riram de Loki, que não acreditava no que via.

— Diz que come mais rápido que qualquer criatura dos nove mundos. Essa é muito boa — gargalhava Utgard.

Enquanto isso, Thor começava a ficar irritado com a provocação e resolveu salvar a honra dos Aesir.

— Nenhuma criatura dos nove mundos bebe tanto hidromel quanto eu. Posso provar isso consumindo tudo o que me servirem — disse o deus do trovão.

Os escandinavos eram loucos por hidromel, uma bebida fermentada feita com malte e mel, e Thor não era exceção.

Figura de proa em forma de cabeça de dragão

Utgard mandou trazer um chifre — que era a taça dos Vikings — cheio até a boca, e deu-o a Thor dizendo:

— Entre nós, um bom beberrão acaba com este chifre numa só golada. Vamos ver do que você é capaz.

O deus do trovão pegou a taça e tomou um gole tão grande, que parecia que sua cabeça ia estourar. E como ficou decepcionado ao perceber que não conseguiu diminuir nem um pouquinho o nível do hidromel! Tentou outra vez, com o estômago explodindo de tanto líquido, e de novo parecia não ter bebido nenhuma gota. Fez mais uma tentativa, e nada de esvaziar o chifre. Os gigantes não aguentavam de tanto rir da cara do confuso Thor.

Loki, numa outra tentativa de derrotar os gigantes, propôs uma corrida. Seu oponente era um garoto chamado Hugi. Todos os convidados saíram do palácio, e os dois começaram a correr numa planície que se estendia a perder de vista. Logo, Hugi havia desaparecido, e Loki se esforçava para alcançá-lo. Quando Loki estava na metade do percurso, o menino já estava de volta, caçoando do deus da trapaça.

— Talvez o poderoso deus do trovão queira demonstrar sua força, lutando contra a velha Elli, que foi minha babá — desafiou Utgard.

Thor estava tão bravo, que achou que seria bom mesmo brigar com alguém para descarregar sua raiva. Mas nem isso o grande deus conseguiu, pois foi vergonhosamente derrotado pela boa senhora.

Os gigantes não paravam de fazer piada a respeito dos Aesir, que tiveram de admitir que eram inferiores aos campeões de Jutunheim.

Os Vikings

— Os deuses de Asgard não podem com os gigantes! — gritavam eles.

— Sim, mas eles foram valentes e aceitaram os desafios — amenizou Utgard. — Vou providenciar um aposento confortável para passarem a noite.

Na manhã seguinte, o rei dos gigantes acompanhou pessoalmente os desapontados Aesir até a estrada onde iniciariam a jornada de volta a Asgard. No caminho, os cabisbaixos deuses ouviram, surpresos, Utgard contar que as competições do banquete tinham sido, na verdade, um teste:

— Queríamos pregar uma peça em vocês, mas se portaram muito bem.

— Viemos aqui pedir pacificamente que parem de prejudicar o povo de Midgard — os humanos — e vocês nos pregam uma peça?! — disse Thor, enfurecido.

— Ouça, grande Thor, e verá que com bom humor se resolve qualquer diferença. Vocês conquistaram o respeito dos gigantes, pois enfrentaram adversários invencíveis.

— Conquistamos o respeito dos gigantes... adversários invencíveis?! — exclamaram boquiabertos os Aesir. — Como assim?!

Carranca de barco viking

Escudo de Sigurd

Utgard riu da cara de espanto deles e prosseguiu.

— Sim, invencíveis! Skrymir, que os guiou até aqui, são as montanhas do mundo. Nem *miölnir* pode derrubá-las, apesar de carregarem para sempre as marcas das marteladas do deus do trovão. Logi, que venceu a comilança, era, na verdade, o fogo. Nada pode comer mais e tão rápido quanto o fogo. O chifre que servimos a Thor continha o oceano, e ninguém pode esvaziar o oceano. Hugi, que bateu Loki na corrida, é o pensamento, o corredor mais veloz que existe. Finalmente, Elli, minha babá, não é outra senão a velhice, e é impossível vencê-la. Mas, mesmo tendo sido derrotados, vocês têm nosso respeito.

— Por quê? — quis saber Loki.

— Entregar-se à luta como vocês fizeram nos ensinou uma importante lição. Mesmo enfrentando oponentes invencíveis, o que importa não é vencer ou perder, e sim lutar com vontade e coragem, pois é a luta que dá sentido à vida. Por respeito a vocês, não vamos mais molestar os homens. Como rei dos gigantes, ofereço, em nome do meu povo, respeito e amizade aos deuses de Asgard.

Os dois Aesir se revigoraram com essas palavras. Despediram-se do gigante e trataram de levar a boa-nova para casa.

Os Meninos que Encontraram os Trolls

Numa pequena fazenda em Vaga, uma aldeia da atual Noruega, vivia um casal pobre. Eles tinham muitos filhos, e os dois mais velhos ajudavam a família a conseguir provisões. Para tanto, eles corriam toda a região, juntando lenha, oferecendo-se para fazer pequenos serviços em troca de comida. Por causa disso, os dois irmãos conheciam os caminhos e florestas de Vaga como a palma de suas mãos.

Num dia de outono, porém, eles foram mais longe do que de costume, sem conseguir trabalho ou alimentos. O anoitecer os surpreendeu na orla da floresta de Hedal. Apesar das histórias de que monstruosos trolls viviam na floresta, caçando humanos para comer sua carne, os dois irmãos sabiam que lá havia uma cabana de falcoeiros, onde eles poderiam ao menos conseguir um lugar para se abrigar do frio. O irmão mais novo, com medo dos lobos e dos trolls, sugeriu que eles continuassem na trilha que circundava a floresta até acharem a casa de algum camponês que lhes desse abrigo. Mas o irmão mais velho respondeu que eles estavam andando havia horas sem encontrar ninguém, e na cabana dos caçadores eles ficariam seguros e, se algum falcoeiro estivesse por lá, talvez pudessem até mesmo comer.

Os irmãos se puseram a caminho, entrando na floresta por uma picada estreita na mata. Seguiram por um par de horas, até a noite cair completamente e a escuridão impedir que enxergassem a trilha. Estava tão escuro, que eles acabaram se perdendo e não tiveram outro remédio a não ser parar, acender uma fogueira e esperar o amanhecer da melhor maneira que conseguissem. Enquanto o irmão mais novo juntava musgo e ervas para improvisar suas camas, o mais velho cortou, com seu machado, uma quantidade suficiente de lenha para durar toda a noite. Logo, estavam dormindo ao lado do fogo.

No meio da madrugada, um barulho estranho os acordou. Assustados, os meninos se esforçaram para distinguir quem ou o que fazia aquele ruído. Eram só ouvidos. Ao longe, alguma coisa roncava e bufava

Escudo de Sigurd

Os Vikings

terrivelmente. O som se aproximava e, aos poucos, algumas palavras ficavam claras até que uma frase lhes chegou aos ouvidos: "sinto o cheiro de sangue humano". Então, os dois irmãos souberam imediatamente: eram trolls!

O chão começou a tremer, à medida que três trolls chegavam mais perto dos meninos. Eram criaturas enormes, peludas, com presas e mandíbulas gigantescas. Andavam em pé como humanos, e também tinham braços e mãos. Mas as semelhanças não terminam aqui. Eram verdadeiros monstros.

Os três tinham apenas um olho, que revezavam entre si para poder enxergar. Eles tinham um buraco no meio da testa, onde encaixavam o olho. O troll que estava usando o olho ia à frente; e os outros, agarrados aos seus pelos. As criaturas ansiavam por sangue humano.

Ao ver os trolls, o irmão mais novo ficou apavorado, mas o mais velho o acalmou. Disse-lhe para se esconder sob uma árvore e, quando visse os monstros se aproximando, corresse o mais rápido que pudesse. O mais velho, por sua vez, iria se esconder com seu machado e ver o que poderia fazer.

Assim que viu o brilho do olho dos trolls surgir na escuridão, o irmão mais novo saiu de sob a árvore, correndo com toda a força de suas pernas. Sem poder ver direito, ele se desviava dos obstáculos da mata como podia. O troll que estava com o olho contou o que via aos outros dois e se preparou para correr, quando o irmão mais velho surgiu do seu esconderijo e, rápido como uma águia, golpeou com o machado o pé do troll que ia à frente. A dor e o susto foram tantos, que o troll pulou, e o olho saltou do meio da sua testa.

O menino mais velho correu até o olho e o agarrou. Era enorme, do tamanho do escudo de um guerreiro, e brilhante. Olhando pelo olho, o menino pôde enxergar através da escuridão da noite — como se fosse dia.

O deus Víðarr nas mandíbulas de Fenrir

Cegos e enfurecidos, os trolls começaram a gritar e a ameaçar o irmão mais velho: se ele não lhes devolvesse o olho, os trolls o transformariam em pedra. Mas o rapaz não cedeu. Não tinha medo de mágica, e além disso era ele quem estava com o olho. E mais: se os trolls não se calassem, ele daria tantas machadadas nos seus pés, que eles não seriam capazes de andar de volta para casa. Percebendo que não poderiam mesmo fazer nada, os monstros mudaram de tom. Pararam de esbravejar e ofereceram um caldeirão cheio de ouro e outro cheio de prata, se o menino lhes devolvesse o olho. É claro que o rapaz concordou. No entanto, ele queria o tesouro antes de devolver o olho. Um dos trolls deveria ir até a casa deles buscar o ouro e a prata. Os trolls contra-argumentaram, dizendo que seria impossível achar o caminho de casa sem o olho. O menino, porém, permaneceu irredutível. Não havia escolha para os trolls. Então, um deles começou a gritar tão alto, que a copa da árvore mais próxima se curvou. Ele chamava pela velha bruxa que vivia com eles. Não demorou muito para que ela respondesse. Os trolls gritaram para que ela viesse até onde estavam com os caldeirões cheios de ouro e prata.

Pouco antes do amanhecer, quando a noite está mais escura e silenciosa, a velha bruxa chegou com a preciosa carga. Quando ela viu o que estava acontecendo, ameaçou o rapaz com sua mágica. O menino, porém, disse que destruiria o olho se ela não deixasse o tesouro e guiasse os trolls de volta à sua casa. Depois ela voltaria para pegar o olho, que ele deixaria naquele mesmo lugar. Os monstros, temendo aquela vespa, pediram que a velha fizesse como o menino dissera. Mal a bruxa e os trolls sumiram na floresta, o menino chamou de volta seu irmão, que se escondera ali perto e a tudo assistira, e os dois partiram com seu tesouro de volta à casa dos pais. Para evitar qualquer vingança, eles deixaram mesmo o olho onde prometeram. Quanto aos trolls, nunca mais foram vistos caçando homens na floresta de Hedal.

Capacete viking

Paratexto

VOLTA AO MUNDO
EM 14 LENDAS

Que histórias incríveis estas do *De lenda em lenda, cruzando fronteiras*! Uma viagem por todos os continentes, conhecendo lendas, costumes crenças, modos e maneiras de diferentes povos. A gente fica até espantado pela grande *diversidade* que existe na humanidade, retratada nos contos deste livro.

Este livro faz a mágica da leitura. Ao ler suas páginas, você é transportado para diferentes lugares, em diferentes épocas, como em uma viagem através do tempo e do espaço, uma viagem sem limites na qual podemos ultrapassar qualquer fronteira.

Nós, seres humanos, precisamos de histórias como estas tanto quanto precisamos de alimentos. Aprendemos e nos divertimos com elas. Mais ainda: os relatos feitos pelos escritores nos permitem dar sentido à nossa existência e às coisas da vida. Por isso, ler é fundamental.

E tudo tem história. Até este livro. Tem a história do autor, do gênero literário, dos temas e assuntos abordados nele... E então, que tal conhecer as histórias por trás do *De lenda em lenda, cruzando fronteiras*?

Vamos começar vendo o que aconteceu até este livro chegar às suas mãos.

▰ ▰ ▰ As mãos por trás da história ▰ ▰ ▰

Livro não nasce em árvore! Para ser produzido, o livro precisa do trabalho de vários profissionais especializados. Primeiro, o autor escreve a história. Daí, ele manda o texto final para o editor, que irá coordenar todo o processo editorial. O editor passa o material que recebeu do autor para o preparador de texto, que vai checar as informações que estão no livro e, se for preciso, dar uma adequada no escrito. A seguir, o texto vai para o revisor, que faz a verificação final, vê se a pontuação e a gramática estão perfeitas para que o livro seja publicado sem nenhum errinho.

Ao mesmo tempo em que isto está sendo feito, o editor, com ajuda do *designer* gráfico, cria a capa e o projeto editorial, que é o jeito que o livro vai ter depois de impresso, coisas como o tamanho das páginas, o tipo de letra que será usado, a qualidade e a cor do papel. Se o livro for ilustrado, o editor também escala um ilustrador para combinar desenhos ao texto. Às vezes pode acontecer de o editor pedir que um iconógrafo, um profissional entendido em artes visuais, pesquise quadros e desenhos para ilustrar o livro.

Feito isso, o material todo vai para o diagramador, que junta tudo no computador e faz o livro eletrônico. Agora está tudo pronto para a publicação, que pode ser no formato digital, ou impresso. Se digital, vai para as web-livrarias; se impresso, vai para a gráfica e, de lá, para as distribuidoras e livrarias.

E agora o livro está nas suas mãos.

Ufa! É um trabalho e tanto, não é? E tudo feito com muita atenção e dedicação, porque leitura, além de ser uma atividade divertida e enriquecedora, é uma coisa séria. Ela ajuda a formar a pessoa, amplia seus horizontes, traz novos conhecimentos, faz brotar ideias.

Bom, agora que você sabe o que aconteceu para que este livro chegasse às suas mãos, vamos conhecer a cabeça de onde saiu *De lenda em lenda, cruzando fronteiras.*

Com você, o autor.

Claudio Blanc — O Autor

Claudio Blanc diz acreditar que todo mundo tem uma lenda para viver, e que a dele é ser escritor. Viajar o mundo — o de sonhos e o real — e contar o que viu.

Paratexto

Só que isso não aconteceu de imediato. Na verdade, nem passava pela sua cabeça se tonar escritor. Claudio conta que escolheu sua primeira faculdade pensando no mercado de trabalho. Por isso estudou Economia e seguiu uma carreira promissora, passando por duas multinacionais. Mas ele descobriu que essa não era a sua lenda. E logo Claudio "virou a própria mesa" e saiu em busca do seu melhor.

Fez várias viagens pelo interior do Brasil e a países de todos os continentes, buscando conhecer os filhos dessas terras e aprender com eles maneiras diferentes de ver o mundo. Esteve no Himalaia, onde entrou em contato com místicos e iogues; ouviu mitos e lendas de indígenas no Brasil, Peru e América do Norte; e viajou pela África do Sul e pelo norte da Europa em busca da sabedoria dos povos antigos. E, com isso tudo, ele acabou mergulhando de cabeça nos mitos, lendas e artes que marcam as culturas de todo o mundo.

Esse material todo, recolhido em viagens, pedia para ser aprofundado. Por isso, Claudio estudou e se especializou em Filosofia e passou a pesquisar continuamente sobre Literatura e Mitologia, além de outras áreas de seu interesse.

Desde então, essa é a matéria-prima de seu trabalho. Claudio escreve tanto para jovens como para o público adulto sobre História, Filosofia, Mitologia e Literatura. Seu livro *Avantesmas* foi finalista do Prêmio Jabuti e selecionado para o programa Minha Biblioteca, do Estado de São Paulo. Além de autor, Claudio também é editor e tradutor, com quase 50 livros traduzidos nas mesmas áreas em que escreve.

Em um de seus livros, ele conta sobre seu trabalho:

"Sempre fui fascinado por histórias a ponto de me tornar um colecionador delas. Penso como o escritor norte-americano Paul Auster, que disse que as pessoas precisam de histórias tanto quanto necessitam de ar e de alimento. Elas nos mostram caminhos, transportam nossa mente no tempo, criam emoções, informam, fascinam e nos tornam mais sábios. As histórias, de certa forma, nos aproximam da magia.

E por gostar tanto de histórias, tornei-me escritor, jornalista, tradutor e editor. Assim, elas se tornaram o objeto e objetivo do meu trabalho. Por meio das histórias, desperto a memória dos mortos, visito eras passadas, viajo para países e mundos exóticos, conheço usos e costumes, modos e maneiras de todos os homens e mulheres que já viveram neste planeta e converso, pelo texto, com as mentes mais brilhantes, vivas ou finadas. Porque é isso que acontece com qualquer um que lê, ouve o reconta uma história: uma verdadeira mágica."

De lenda em lenda, cruzando fronteiras é resultado deste mergulho que Claudio fez no mundo da imaginação e das ideias. Tem muito das viagens que seu autor realizou e da sabedoria ancestral que ele descobriu. E tem, também, muito do seu desejo de despertar em você, leitor, a curiosidade e o respeito pela diversidade humana.

Um Diálogo Entre Autores

O gênero literário ao qual *De lenda em lenda, cruzando fronteiras* pertence é um dos mais antigos da História da Literatura. Quando Claudio Blanc recolheu e recontou as histórias deste livro, ele entrou em contato com os mitos e lendas de povos do mundo todo, que preservam seus conhecimentos e valores nas histórias que concebem e contam. Desse modo, Claudio estabeleceu um diálogo com os autores que pesquisam e recontam lendas e contos de fadas, dando um panorama das visões de mundo das diferentes tradições folclóricas. Então, para conhecermos mais sobre esse vasto campo da Literatura, vamos visitar um importante autor

Paratexto

brasileiro e ver como seu trabalho se destaca e dialoga com *De lenda em lenda, cruzando fronteiras*.

▬ ▬ ▬ Luís da Câmara Cascudo ▬ ▬ ▬

Filho de um coronel do Rio Grande do Norte, Luís da Câmara Cascudo (1898-1986) foi um dos maiores pesquisadores do folclore brasileiro. Ele colecionou e catalogou lendas, provérbios, parlendas e contos de diferentes origens que formam o cancioneiro folclórico de nosso país.

De família tradicional e conservadora, Câmara Cascudo tinha interesses amplos e variados. Pesquisador respeitado internacionalmente e frequentador assíduo dos bairros populares de Natal, a cidade onde nasceu e viveu; tradutor da poesia do sofisticado poeta americano Walt Whitman e entusiasta do cordel do sertão nordestino; marido apaixonado que, em seus últimos anos, gostava de contemplar a lua segurando a mão de sua esposa e, ao mesmo tempo, apreciador da vida boêmia; católico fervoroso a quem o Vaticano concedeu o benefício eclesiástico da ordem de São Gregório Magno e especialista em magia branca, superstição e fetiche; erudito conhecedor da literatura clássica e renascentista e ouvinte atento de pescadores, de gente do povo e da velha empregada Bibi, a quem considerava uma "humilde e analfabeta Xerazade", comparando-a à narradora das *Mil e Uma Noites*. Câmara Cascudo foi, de fato, uma grande figura da etnografia e dos estudos folclóricos brasileiros, apesar de ter se tornado um escritor pouco lido pelas gerações mais recentes.

Escritor prolífico, Câmara Cascudo é autor de mais de 150 livros sobre os mais diversos temas relacionados à cultura brasileira. Como etnógrafo e folclorista, coletou, analisou e publicou incessantemente lendas, provérbios e contos populares. Ele também

Claudio Blanc

produziu inúmeras monografias, entre as quais se destacam seus livros sobre a rede e a jangada, e escreveu textos de caráter teórico. Como historiador, produziu obras significativas, assim como muitas outras que caracterizam o que ele chamou de "micro história". Como jornalista, escreveu para jornais do Rio Grande do Norte, Rio de Janeiro, São Paulo e muitas outras cidades brasileiras. Escritor de memórias, registrou as suas numa coleção de quatro livros. Pesquisador incansável, publicou os resultados de sua investigação em revistas científicas no Brasil e no exterior. Além disso, escreveu poesia e um romance, além de ter colecionado uma volumosa correspondência com intelectuais de diferentes áreas do conhecimento.

Embora alguns afirmem que sua abordagem da cultura popular seja elitista, o legado de Câmara Cascudo é ainda considerado muito importante. Como poucos autores brasileiros, ele coletou, sistematizou e divulgou uma vasta quantidade de fontes populares, além de ter documentado inúmeras formas e expressões culturais em vias de desaparecimento, evitando seu esquecimento. Acima de tudo, o principal legado de Câmara Cascudo tem sido a valorização e o estudo do folclore nacional numa época em que ele era muito desvalorizado.

QUE LIVRO É ESTE? OS GÊNEROS MITO, LENDA E FÁBULA

A Literatura é a arte de escrever histórias. Mas há diferentes tipos, ou gêneros de Literatura. Como em todas as artes, a Literatura também tem suas divisões. Enquanto nas Artes Visuais, por exemplo, temos pintura, escultura e arquitetura, na Literatura há romances, novelas, contos, peças teatrais, mitos, lendas e fábulas.

Paratexto

Os tipos de Literatura são chamados de gêneros literários, e cada gênero literário tem suas características próprias. A poesia e a dramaturgia são as formas de expressão literária mais antigas. O romance, um dos principais gêneros literários, tem uma trama complexa, com vários personagens além do protagonista e, em geral, tem um texto bem longo. As novelas são mais simples que os romances, sua história é menos intrincada e gira, quase sempre, em torno de um personagem principal, sem desenvolver muito os personagens secundários. O conto é ainda mais curto que a novela e, por isso mesmo, exige uma habilidade especial do contista, que deve narrar a história de um jeito rápido e cativante.

O conto moderno tem uma origem bem antiga, que remonta a uma das primeiras expressões literárias: as lendas, o gênero literário, como diz o nome, ao qual *De lenda em lenda, cruzando fronteiras* pertence. Vamos, então, ver mais de perto esse gênero tão antigo que atravessou eras e sobrevive até hoje.

A palavra lenda vem do latim e quer dizer "o que deve ser lido". Durante a Idade Média, a lenda era simplesmente uma história, na maior parte das vezes sobre a vida de santos, escrita para ser lida em público, para os monges em mosteiros, ou nas igrejas, para instruir os fiéis na festa de algum santo.

Mas a partir do século XVI, a palavra lenda passou a se referir a uma história maravilhosa, com os fatos transformados pela imaginação popular ou pela invenção poética. A lenda começa com um acontecimento real que é fantasiado, aumentado, imaginado.

E qual é a diferença entre lenda, mito e fábula?

Pois é, a gente costuma confundir as noções de mito, lenda e fábula. No entanto, o mito refere-se a uma história inventada para fundamentar crenças em um mundo divino. O mito conta histórias de deuses e deusas, da criação do universo e da humanidade, como a história *Jutunheim, o Reino dos Gigantes*. Trata de coisas divinas e misteriosas.

Além de ser curta e ficcional (isto é, não verdadeira, mas inventada), a principal característica da fábula é que ela apresenta animais, criaturas lendárias, plantas, objetos inanimados ou forças da natureza que assumem traços humanos. Nas fábulas, bichos, árvores, rios e até montanhas e pedras falam, pensam, dão opiniões e contam histórias como se fossem homens e mulheres.

Outra coisa importante na fábula é que ela ilustra ou leva a uma lição particular, uma "moral da história", que pode ser colocada, no final, como uma máxima ou um ditado do tipo: "Uma pessoa prevenida vale por duas", ou "Deus ajuda a quem cedo madruga" e outras tantas.

Bom, você agora também já se ligou que *De lenda em lenda, cruzando fronteiras* traz também algumas fábulas, como a divertida *O Guerreiro Terrível*, ou a incrível *Canoa Encantada*.

A lenda é diferente da fábula, porque não tem animais falantes ou parecidos com humanos; e se diferencia do mito, porque ela nasce de fatos que aconteceram de verdade. Só que, como vimos, a lenda mistura o verdadeiro e o falso. Com o passar do tempo e na medida em que diferentes pessoas contam a história, detalhes fantasiosos vão sendo acrescentados ao acontecimento ou ao personagem real, transformando o enredo. Afinal de contas, quem conta um conto aumenta um ponto!

A lenda está fortemente ligada a um elemento chave, que pode ser um lugar, um objeto, um personagem, um fato etc. Com o tempo, a lenda pode evoluir para um mito, pois perde precisão, ganha fantasia e caminha para o místico. Assim, em uma lenda, pode haver uma parte mítica, como na história *Jutumheim, A Terra dos Gigantes*, deste livro.

As Origens das Lendas

Ninguém sabe exatamente como surgiram as lendas, mas os estudiosos têm várias pistas. Vamos dar uma olhada em algumas dessas teorias.

Paratexto

- A teoria antropológica afirma que as lendas provêm de pensamentos humanos primitivos, de resquícios de religiões e culturas muito antigas.
- A teoria naturalista considera os mitos e lendas como algo que diviniza as grandes manifestações da natureza.
- A teoria mitológica atribui a criação das lendas à infância pré-histórica de um povo, ou a um naturalismo infantil, ou ainda à consciência individual do povo que acrescenta significado religioso às lendas criadas.
- A teoria linguística considera que as lendas nascem da transmissão de histórias entre vários povos que emprestam palavras de outras culturas e as distorcem, o que obscurece o significado primitivo original e dá origem a novas histórias.

Na realidade, todas essas teorias têm um pouco de verdade, e a origem das lendas tem mais a ver com uma combinação de todas elas.

AMPLIANDO A LEITURA

A obra

De lenda em lenda, cruzando fronteiras traz histórias de povos do mundo todo e, com isso, dá um panorama geral sobre a diversidade humana. Povos das Américas, da Europa, da Ásia e da África habitam as páginas do livro, mostrando suas crenças, costumes, valores morais e comportamentos. As histórias também falam da natureza que envolve esses povos, dos rios e montanhas, do calor ou da neve de suas regiões, dos desertos e mares onde eles vivem.

Apesar da diferença entre os personagens e as culturas das histórias do livro, a gente percebe que há muitas coisas em comum nestas lendas. Os contos falam de coragem, determinação, sabedoria, bondade, dedicação... Todos eles trazem virtudes humanas — virtudes que são as mesmas para povos de qualquer parte do planeta: da África à América do Norte, da Ásia ao Brasil.

Somos todos humanos, e a pluralidade é uma característica nossa. As lendas deste livro nos convidam a aprender com a diferença, com a diversidade. O mundo é plural, é diverso. Isso está expresso na música, nas comidas, nas roupas, nas artes e artesanatos das gentes do mundo todo. A pluralidade espelhada nas páginas deste livro nos mostra o quanto a diversidade é enriquecedora, o quanto podemos aprender e nos transformar com a sabedoria de outras culturas.

O tema: Diversidade

Como você viu, *De Lenda em Lenda, Cruzando Fronteiras* reúne histórias dos povos do mundo inteiro. É um livro que nos leva a ter encontros com a diferença — afinal de contas, uma cultura é diversa da outra.

As histórias que você leu nos colocam em contato com vários países, sociedades, religiões e regiões do mundo. Elas nos mostram um pouco dos modos e maneiras de pessoas de diferentes etnias, com personagens que representam essa grande diversidade humana e cultural. E isso é muito importante, porque elas nos levam a conhecer e a respeitar essas diferenças.

O universo humano é vasto e diversificado. Cada região, por causa das suas características climáticas e ambientais, produziu diferentes culturas, diversos modos de viver. Somos capazes de nos adaptar a praticamente qualquer ambiente, em todo o planeta e, para isto, criamos uma cultura, constituída por crenças, costumes,

Paratexto

linguagem e também por ferramentas, alimentos, roupas etc., que nos ajuda a compreender e a nos adaptar àquele ambiente.

Mas muita gente estranha o que é diferente. Essas pessoas têm receio de conviver com outras que se vestem de um jeito esquisito, falam uma língua que não entendem, comem uma comida exótica. E, por isso, elas ficam com preconceitos contra aqueles que julgam estranhos.

Só que isto não é bom. A estranheza e o medo do diferente causam raiva e violência. Por que se sentir assim diante daquilo que a gente não conhece? As pessoas de uma cultura e etnia diferentes das nossas têm muito a nos ensinar. Só precisamos estar abertos a isto. Você viu quanta diversidade nos vários povos cujas histórias compõem este livro? E isto não é bacana? A forma de ver a natureza e o universo, o jeito de se relacionar, os valores desses povos nos mostram outras possibilidades de viver e perceber o mundo. E a gente não precisa abrir mão da nossa cultura e dos nossos valores para reconhecer e aceitar a cultura e os valores dos outros.

Para construirmos uma cultura de paz, devemos respeitar pessoas com costumes diferentes dos nossos. É preciso ouvi-las, acolhê-las, aprender com elas e também mostrar a elas nossos modos e maneiras. É muito importante termos um convívio democrático com quem é diferente de nós. Isso traz benefícios a todos.

Um Mundo de Multiplicidade

Essa diferença entre os vários povos e culturas que a gente viu em *De lenda em lenda, cruzando fronteiras* é chamada de diversidade: um conjunto variado de pessoas (ou plantas, animais, ecossistemas, coisas) que integram um todo. A diversidade é um estado que indica pluralidade, multiplicidade. É a diversidade que forma a humanidade e a natureza.

Nenhum povo ou etnia é mais ou menos humano. Somos a soma de todas as culturas. A humanidade é diversa, plural. Somos iguais, todos humanos, mas, ao mesmo tempo, muito diferentes uns dos outros!

E a gente vive a diversidade em nosso dia a dia. Nossa culinária é italiana, japonesa, africana, portuguesa, árabe; nossas roupas seguem a moda europeia e norte-americana; nossa diversão é globalizada. Podemos aprender muito com essa multiplicidade e, ao mesmo tempo, desenvolver empatia, inteligência emocional e compreensão. Tudo de bom!

Mas, enquanto *De lenda em lenda, cruzando fronteiras* aborda a diversidade cultural e étnica, existem, na verdade, diferentes tipos de diversidade. Veja só:

- A biodiversidade e a diversidade genética são as múltiplas formas de vida na natureza.
- A diversidade cultural, que é tema deste livro, refere-se à existência de diferentes culturas.
- A diversidade étnica é a variedade de raças humanas.
- A diversidade linguística diz respeito às muitas línguas faladas no mundo.
- A diversidade sexual e de gênero indica a pluralidade de orientações sexuais e identidades de gênero em diferentes culturas humanas.

A população brasileira — formada por povos indígenas, africanos, europeus e asiáticos — é etnicamente diversa. Isso tudo contribuiu para a formação de um país miscigenado com costumes, hábitos, culinária e crenças distintas. Isto é muito bacana, porque confere uma grande riqueza cultural ao nosso povo. Mas, ao mesmo tempo, por causa do medo e do desrespeito ao que é diferente, também leva ao preconceito e ao racismo.

Paratexto

Por isso, é importante mudar esse ponto de vista. A diversidade está em vivenciar tradições, aprender novas habilidades, em ter uma visão mais ampla e menos egoísta de nós mesmos para construirmos uma sociedade mais justa. Com o reconhecimento de que as diferenças engrandecem, a gente passa a respeitar as outras culturas e etnias e constrói um mundo mais feliz.

Cultura

Como você viu — e como mostram as histórias deste livro —, o mundo é um lugar de convívio com a diferença, e temos que nos reponsabilizar diante disso, buscando vivenciar e respeitar a pluralidade e a diversidade cultural.

Diferentes culturas moldam o universo humano. O mundo natural e social ao nosso redor, a cidade e o meio ambiente, com suas paisagens naturais, plantas e animais, nossa relação com eles, são a matéria-prima da nossa cultura. E a cultura do local onde nascemos e fomos criados dita nossa formação. Como humanos, somos seres culturais. A língua que herdamos e os nossos usos e costumes determinam quem somos. Uma pessoa nascida na Índia vai ter gostos e hábitos diferentes dos de alguém nascido em uma tribo indígena no Brasil. Você pôde ver nas histórias deste livro que há uma multiplicidade de perspectivas para cada povo. A cultura é tudo para nós, humanos.

Então, que tal entender um pouco melhor o que é cultura? Vamos lá:

A cultura é constituída pelos conhecimentos e comportamentos que caracterizam uma sociedade humana. É um conjunto de formas de pensar, sentir e agir que, sendo aprendidas e compartilhadas por muitas pessoas, constitui uma coletividade particular e distinta.

Uma cultura é composta por quatro elementos que são transmitidos de geração em geração pelo aprendizado. Esses elementos são:

- **Valores:** os sistemas de valores incluem ideias e materiais importantes na vida de um povo. Eles orientam as crenças que fazem parte de uma determinada cultura.
- **Normas:** são as expectativas de como as pessoas devem se comportar em várias situações. Cada cultura tem métodos, chamados sanções, para fazer cumprir suas normas. As sanções variam de acordo com a importância da norma.
- **Instituições:** são as estruturas da sociedade por meio das quais os valores e as normas são transmitidos.
- **Artefatos:** coisas, aspectos ou tecnologias da cultura material; as coisas construídas por uma determinada cultura, de ferramentas a edifícios, da arte aos utensílios domésticos.

A cultura é também indissociável do patrimônio artístico. A arquitetura, escultura, pintura, vitrais, música, literatura, folclore e a linguagem são parte fundamental da cultura de um povo.

A linguagem é parte importante de uma cultura. A linguagem é, provavelmente, o meio que melhor transmite uma cultura, tanto oral quanto escrita. Ela desempenha um papel essencial na elaboração de uma forma de conhecimento criado e compartilhado pelos membros de um mesmo grupo social ou cultural.

E dentro de uma cultura também existem subculturas. Mesmo que haja uma cultura dominante em uma sociedade, geralmente formada em torno da cultura da elite, sempre existem outros grupos sociais cujos interesses e práticas são diferentes em relação à cultura dominante. Encontramos, assim, várias formas de subcultura, como a cultura popular, a cultura de massa, a cultura jovem, a cultura do futebol e tantas outras.

Paratexto

(ENCERRAMENTO)

E agora que chegou até aqui, você é uma pessoa diferente do que era antes de ler este livro. Aprendeu um monte de coisas interessantes, sentiu emoções, ampliou sua visão e ficou mais rico em termos de conhecimento.

É isto que acontece quando a gente lê. O mundo se expande, sua mente se transforma. Ler desperta nossa curiosidade, é divertido e nos instrui.

E então, já escolheu qual é o próximo livro que você vai ler?

BIBLIOGRAFIA

BAYARD, Jean-Pierre. *Histoire des legends*. Paris : P.U.F., 1970.

BLANC, Claudio. *Avantesmas*. Belo Horizonte : Autêntica, 2015.

_____. *Os Celtas*. São Paulo : Peirópolis, 2003.

D'ANGELO, Mario. *Diversité culturelle et dialogue des civilisations: l'évolution des concepts de 1990 à 2001*. Coll. Innovations & Développement, no 7. Paris : Idée Europe, 2002.

GROH, Arnold. *Theories of Culture*. Londres : Routledge, 2019.

OXFAM BRASIL. *Importância da diversidade: a representatividade na sociedade*. Disponível em: https://www.oxfam.org.br/blog/importancia-da-diversidade-a-representatividade-na-sociedade/. Acesso em: 02.05.2022.

SILVA, Marcos A. da: *Câmara Cascudo e a erudição popular*. IN: Projeto História: Revista do Programa de Pós-Graduação em História da PUC-SP. São Paulo, EDUC, novembro de 1998. Nº 17: Trabalhos da Memória, pp. 317-334.

STALLONI, Yves. *Os gêneros literários — a comédia, o drama, a tragédia, o romance, a novela, os contos, a poesia*. Rio de Janeiro: Difel, 2001.